Le Diable Noir de Saint-Cado

Aux Éditions Alain Bargain

Dans la collection
ENQUÊTES ET SUSPENSE :

Jean-Christophe Pinpin
- Qui voit Groix voit sa croix *(épuisé)*
- Qui voit Sein voit sa fin *(épuisé)*
- Qui voit Ouessant voit son sang *(épuisé)*
- Qui voit Belle-Ile voit son île *(épuisé)*
- Qui voit Molène voit sa peine
- Toulouse au bout du siècle *(épuisé)*
- Traque à Hoëdic *(épuisé)*

Alex Nicol
- Mystères en Finistère *(épuisé)*
- Ça bombarde chez les Bigoudens *(épuisé)*
- Mise en Bière à Sainte-Marine
- Le Tsar de Bénodet *(épuisé)*

Aux Éditions Alain Bargain

Dans la collection ***POL'ART :***

Serge Le Gall
- Sombre dessein à Pont-Aven
- Meurtres du côté de chez Proust *(épuisé)*
- Eaux-fortes à Ste-Marine *(épuisé)*
- Ciel rouge au Pouldu *(épuisé)*

Loïc Gourvennec
- Le râle du basson *(épuisé)*

Yves Horeau
- Monsieur Butterfly *(épuisé)*

Renée Bonneau
- Nature morte à Giverny *(épuisé)*
- Séquence fatale à Dinard *(épuisé)*
- Sanguine sur la Butte *(épuisé)*

Stéphane Jaffrézic
- Toiles de fond à Concarneau
- Le Rubis de Châteauneuf-du-Faou *(épuisé)*

Nous remercions tout particulièrement les Editions YCA à Quimper pour leur participation (photo de couverture) et vous recommandons leurs magnifiques cartes postales.

ENQUÊTES & SUSPENSE

Aux Éditions Alain Bargain

Dans la collection

®ENQUÊTES ET SUSPENSE :

Gisèle Guillo
- Dernier rendez-vous à Vannes
- Du Léman au Morbihan *(épuisé)*
- Tempête à Quiberon
- La Belle de Carnac
- Le Saigneur de Quimper
- Vol de pigeons à Arradon *(épuisé)*
- Cash-cash au Crouesty
- Le Diable noir de Saint-Cado
- Clair-obscur à l'Île-aux-Moines
- Port-Louis, les ombres de la citadelle
- La Maison au bord du Golfe
- Les Amants Terribles de La Trinité

Michèle Corfdir
- Le Crabe
- Mortel Hiver sur le Trieux
- Chasse à corps à Bréhat
- Larmes de fond *(épuisé)*
- Vent contraire à Loguivy-de-la-Mer
- Herbes amères à Belle-Isle-en-Terre *(épuisé)*
- Il court, il court, le furet des Abers *(épuisé)*
- Fest-Noz sur le Nil
- Eau dormante en Trégor
- Nuits assassines à Paimpol
- Crime à l'Armoricaine
- Vendredi noir sur l'Arcouest
- Sueurs froides sur le Goëlo

Alain Couprie
- Ça chauffe à Roscoff
- Pas d'oignons pour le Léon
- La Mutilée de Saint-Renan
- Drague folle à Lannion

Christophe Chaplais
- Pâté de Corbeau aux amandes amères
- Le calisson jusqu'à la lie
- Farz aux herbes de Portsall
- Addition salée au Croisic
- Salade russe aux noix de Grenoble *(épuisé)*
- Fourchette mortelle à Chinon
- Soupe de Crabes à Brest *(épuisé)*
- La face cachée des Étoiles
- Mélodie gourmande à Guérande

Bernard Larhant
- Quimper sur le gril *(épuisé)*
- Douarnenez, piège à Mouettes
- Les Galets de Tréguennec
- Les bas-fonds de Quimper
- Pas de pardon à Locronan
- Un pavé dans La Loire
- Psychose sur Bénodet
- Sang d'encre au Mans
- La Torche entre deux eaux
- Du Pastis dans l'Odet
- Les Ombres du Rennes-Quimper
- La Madone du Faouët
- Effet domino à Concarneau

Serge Le Gall
- La secte de l'Aven *(épuisé)*
- Sables mouvants à Bénodet *(épuisé)*
- La Douarneniste et le Commissaire *(épuisé)*
- Corps-mort à l'Île-de-Batz *(épuisé)*
- Traque noire à Audierne *(épuisé)*
- Fugue mortelle en RÉ *(épuisé)*
- Le moine rouge de Carantec
- La Sirène de Port Haliguen *(épuisé)*
- Coup fourré dans les Mts d'Arrée *(épuisé)*
- Vagues à lames à Noirmoutier *(épuisé)*
- Dépression sur les Glénan
- Belle-Île "Amère"
- Calvaire à Plougastel-Daoulas *(épuisé)*
- Course-poursuite sur l'Aven
- Cible ultime dans les Montagnes Noires
- Rouge baiser de Crozon
- Sac de nœuds à Trévignon
- Retour coupable à Pont-l'Abbé
- Quiberon Enrage
- Secrets salés à Fouesnant
- Fausses notes à Larmor-Plage

Bernard Enjolras
- Îlot mortel à Trégastel
- 3 petits singes en Côtes-d'Armor
- Mauvais sorts dans Le Trégor
- Micmac à Ploumanac'h
- Sale temps sur Penvénan
- Jeu d'échecs à Perros-Guirec

Rémi Devallière
- L'esprit d'Hoëdic

Aux Éditions Alain Bargain

Dans la collection
ENQUÊTES ET SUSPENSE :

Martine Le Pensec
- Onde de choc sur Fermanville
- Angoisse sur Penmarc'h *(épuisé)*
- Lumière noire sur la Penfeld
- Printemps funeste à Brest
- Treizième lune à Concarneau
- 32 octobre à Roscoff
- Terminus à Lannilis *(épuisé)*
- L'Enfer de Plogoff
- Alerte rouge à Brest
- Bad Trip à Lorient
- Le Cobra de Brest
- Le Mouton noir de Roscoff

Simone Ansquer
- Téviec, le Secret
- Aux tours de La Rochelle
- Grain de sable à Saint-Pierre-Quiberon
- Le mystère de la Cathédrale de Vannes
- Carnac, les menhirs disparus
- Bons baisers de l'île de Houat

Marie Vaillant
- Chantage Bigouden
- Les corps mourants de Plozévet
- Vague blanche au Pouldu

Stéphane Jaffrézic
- Chili-Concarneau *(épuisé)*
- Ville bleue et beaux dégâts *(épuisé)*
- Disparitions en Pays Fouesnantais
- Tri Yann Tro Breizh
- Vengeances croisées à Nantes
- Escale forcée à Brest
- Dolmens sanglants en Bigoudénie
- Escapade à Landerneau
- Le mauvais fils de Guidel
- Murder party à Quimper

Jean-Michel Arnaud
- Cavale à Brest
- Blues en Rafale à Landivisiau
- Le bagad bombarde à Quimper
- Loto létal dans le Léon

Gérard Croguennec
- Voile épais au Conquet
- Brest, Abri 668

Michel Courat
- Ça meurt sec à Locquirec
- Marée rouge à Plestin-Les-Grèves
- Coup de grisou à Pleumeur-Bodou *(épuisé)*
- Mort en vrac à Morlaix
- Sauvage farandole à Paimpol *(épuisé)*
- Mise à mort en Bretagne nord
- Masques de Terreur à Lanmeur
- Été meurtrier à Tréguier
- Le raisin coule à Lesneven

Philippe-Michel Dillies
- Meurtres à Monnaie
- Chasse à Tours
- Train d'enfer pour Saint-Pierre-des-Corps
- Les roses noires de Chartres
- Du raisiné à Vouvray
- Partie truquée à Descartes
- Embrouille à Amboise
- L'écheveau de Blois
- Anicroches à Loches
- Murmures en Saumur
- Les plumes noires de St-Cyr-sur-Loire

Hervé Huguen
- Dernier concert à Vannes
- Les messes noires de l'île Berder
- Ouragan sur Damgan
- Le Canal des Innocentes
- Retour de flammes à Couëron
- Les empochés de Saint-Nazaire
- L'inconnue de Nantes

Patrick Bent
- Erquy profite le crime
- Le macchabée du Val-André *(épuisé)*
- Saint-Cast priez pour eux ! *(épuisé)*
- Hécatombe à Saint-Malo
- Nuit noire à Dinard *(épuisé)*
- Algues fatales à Erquy
- Rock'n'Roll à Lamballe
- Pluie de fiel sur Fréhel

Jean-Louis Kerguillec
- Carantec à corps perdu
- Enlèvement en Baie de Morlaix
- Mauvaise passe sur l'île Callot

Aux Éditions Alain Bargain

Dans la collection
ENQUÊTES ET SUSPENSE :

Lise Tiffanneau-Midy
- Sortie de route en Anjou
- Vengeance sur la Corniche Angevine
- Un Justicier à Trélazé
- Réveillon obscur en Saumur
- Grabuge dans Les Mauges
- L'Abeille de Fontevraud

Solenn Colléter
- Lettres de sang sur la Côte Sauvage

Valérie Lys
- Rennes, Échec au Fou
- Confessions Rennaises
- Grise mine à Fougères

Chaix d'Est-Ange
- La filière d'Arradon
- La petite dame de Locminé
- Ratissage dans le golfe
- L'Écluse de Malestroit
- Copie conforme à Larmor-Baden
- Les Truands de Saint-Goustan
- Coup de barre à Étel *(épuisé)*
- Vilaine affaire à La Roche-Bernard
- Perfusion à Quiberon *(épuisé)*
- Le Passager de Lann-Bihoué

Annie Le Coz
- Les Maudits de Kérogan *(épuisé)*
- Plumes sèches à Beg-Meil *(épuisé)*
- Quimper sonne les cloches *(épuisé)*
- "Caval" à Saint-Guénolé *(épuisé)*
- "Clap" de fin à Langolen *(épuisé)*
- Mortelle Bigoudène *(épuisé)*
- Braquages en Cornouaille

Anne-Solen Kerbrat-Personnic
- "Mi Amor" à Rochefort *(épuisé)*
- Jour maudit à l'Île-Tudy
- Bordeaux voit rouge
- Saint-Quay s'inquiète
- Cure fatale à Nantes

Jean-Pierre Le Marc
- Matin rouge au Guilvinec *(épuisé)*
- Soirées noires à Penmarc'h
- Double vie à Loctudy *(épuisé)*
- Signes de sang à Lesconil *(épuisé)*
- L'Héritier des Trépassés

Sylvain Pettinotti
- Manzini ou "L'art des choix" *(épuisé)*
- Réactions en chaîne en Isère

Bernard David-Cavaz
- Traboules
- La Fille de Sein

Jean-Jacques Égron
- Marais mouvant dans le Golfe

Vincent Cabioch
- 5 Diables Verts à Huelgoat

Jean-Pierre Farines
- Brume sur la Presqu'île *(épuisé)*
- La route de Rocamadour
- Le Phénix est mort à Camaret
- Cercueil vide en Mer d'Iroise

Jean-Claude Belfiore
- Toxines sur Nantes

Cédric Labb
- Les Démons du Midi
- Les Muses de Savoie

Jacques Caouder
- L'Occise des Landes *(épuisé)*
- L'Évadée de Brennilis
- Le Mort de Brest-Les Abers *(épuisé)*
- La Troménie noire
- Rumeurs mortelles à St-Renan *(épuisé)*

Jean-Pierre Bathany
- Camaret au Vitriol *(épuisé)*
- Double Je Nantais *(épuisé)*
- Été show à La Baule *(épuisé)*
- La Veuve Noire de Pornic
- Maudit Blues à Nantes *(épuisé)*
- Requiem au lac de Grand-Lieu - T.I
- Le Cercle de Nantes - Tome II
- Illuminati Nantais - Tome III

Christophe Gontard
- Dernière danse en Trièves

Gisèle GUILLO

Le Diable Noir de Saint-Cado

Collection

ENQUÊTES & SUSPENSE

Quadri Signe - Editions Alain Bargain
125, Vieille Route de Rosporden - 29000 Quimper
E-mail : contact@editionsalainbargain.fr
Site Internet : www.editionsalainbargain.fr

I

« *Je m'appelle Pénélope Martin, saine de corps et d'esprit. J'ai trente-trois ans, mes deux yeux, mes deux bras, mes deux jambes. Et je suis moche. Pas affreuse, non. Laide ? Ce n'est pas sûr. C'est pire. Je suis moche. Désespérément.* »

Pénélope s'arrêta, stylo-bille en l'air, indécise sur la façon dont il convenait de continuer. Était-elle en train d'écrire son journal intime ou le brouillon de son testament ? Elle n'avait pas encore tranché. Elle penchait pour le testament.

— À votre âge, on a du temps devant soi, rien ne presse, avait dit le notaire.

Justement, si ! Ça pressait. Il était bien question d'âge ! Pour Pénélope, l'urgence était ailleurs : leur faire savoir le plus vite possible que si, le lendemain, une voiture la fauchait en pleine rue ou si une poutre lui tombait sur la tête, ils n'avaient rien, mais alors rien du tout à attendre d'elle. Mais, là encore, elle hésitait. À qui léguer sa fortune ? Fortune était peut-être un mot un peu fort… Elle récapitula : un livret de Caisse d'Épargne – plein à ras bord, quand même – et sa maison. « Petite longère, en partie rénovée, avec jardin et vue panoramique sur la rivière d'Étel », c'est ce qu'avait dit l'agent immobilier quand il était venu la voir. Elle avait failli le jeter dehors. Cela n'avait pas découragé le bonhomme. Il avait insisté, il pouvait faire une estimation précise. Il avait une offre intéressante, des acheteurs étrangers.

« Des acheteurs étrangers ! Tu parles ! » Comme si elle ne savait pas qui était derrière tout cela ! Eux, bien entendu. Ils l'avaient spoliée, oui spoliée, c'était le mot employé par l'avocat qu'elle avait consulté. Et maintenant, ils manœuvraient en sous-main pour la déposséder complètement. Bien des fois, elle avait pensé à l'arsenic ou à la mort-aux-rats… C'est tout ce qu'ils méritaient, ces salauds ! Enfin, à défaut de pouvoir les empoisonner, elle allait leur empoisonner la vie…

Elle revint à la question. À qui léguer ? Les possibilités ne manquaient pas : des associations plus ou moins farfelues ou caritatives ; et il y avait plus sérieux, l'Ordre de Malte par exemple ou la Fondation de France. Mais, dans la nuit, elle avait eu une idée, une illumination : la Société Protectrice des Animaux. C'était une belle cause, touchante et, en même temps, pour eux, ce pouvait devenir un cauchemar : sa maison, son jardin, transformés en refuge de la SPA… Les animaux abandonnés… On abandonne de tout, des jaguars, des serpents à sonnette… Mais, même en ne pensant qu'aux chiens et aux chats, les odeurs, les miaulements, les aboiements, des nuits entières ; les va-et-vient de voitures pour les journées “portes ouvertes” ; sans compter les incidents, toujours possibles, des molosses furieux qui s’échappent…

— Ça, c’est la meilleure idée ; ça va les faire chier un maximum !

D’ordinaire, Pénélope ne donnait pas dans la grossièreté ; mais quand il s’agissait d’eux, elle perdait toute mesure. Elle reprit son stylo-bille, barra les commentaires sur son physique qui n’avaient vraiment pas leur place dans des dispositions testamentaires et entreprit de corriger sa deuxième phrase. Sonnerie du téléphone. Elle posa son stylo pour aller répondre.

— Allô ? J’écoute.

— Madame Martin ?

— Mademoiselle Martin.

— C’est pour la location de la villa…

— La location…

— Vous êtes au courant ?

Une location… la villa ? Brûlant d’en savoir plus, mais restant sur ses gardes, Pénélope hésita :

— Oui, enfin… je…

— Le numéro de monsieur Martin ne répond pas. J’ai trouvé le vôtre dans l’annuaire, à la même adresse. Je suppose que c’est la même famille ?

— Oui, dit Pénélope.

Cela, au moins, c’était vrai.

— Nous sommes déjà en contact avec monsieur et madame Martin. Mon mari, Vincent Hermelin vous a téléphoné. Je suis Margot Hermelin. Vous vous souvenez de moi ?

Pénélope n'hésita plus :

— Tout à fait.

— Mon mari et moi avons visité la maison sur Internet. J'avais appelé pour dire qu'elle nous plaisait mais que nous devions consulter nos amis ; parce que nous venons à deux familles, vous le savez ?

Pénélope avait retrouvé ses esprits et mentait avec d'autant plus de conviction qu'elle sentait la rage monter en elle :

— Bien sûr.

— Alors, voilà, c'est décidé ; si les conditions sont toujours les mêmes, nous louons la villa pour quatre semaines en juillet prochain.

— Toute la villa ? demanda Pénélope.

Au bout du fil, elle sentit un peu d'étonnement :

— Oui, toute la villa… sauf la pièce réservée pour vos affaires personnelles. Avec jouissance du garage. Pour deux voitures, le garage, n'est-ce pas ?

Machinalement, Pénélope répondait et, sur le mode fielleux, donnait des précisions qu'on ne lui demandait pas :

— Pour deux voitures, oui, enfin, disons pour une voiture et demie et encore, si elle n'est pas grande… Le jardin, bien sûr ; et la piscine… vous savez, elle n'est pas grande, la piscine… et pas chauffée…

Mais rien ne semblait décourager son interlocutrice.

— Ça ne fait rien, c'est seulement pour les enfants. C'était dans nos conventions, n'est-ce pas ?

— Tout à fait, dit prudemment Pénélope.

Le ton était parfaitement poli, la voix agréable, sans la moindre trace d'accent du Morbihan. Pénélope s'enhardit :

— Vous êtes de Paris ?

— Oui.

— Vous serez combien au juste ?

— Six. Quatre grandes personnes et deux enfants, je l'avais précisé à votre frère ; monsieur Basile Martin est bien votre frère, n'est-ce pas ?

— Mon cousin, rectifia Pénélope.

— Donc, nous venons à deux couples, mon mari et moi avec Annick, notre fille de sept ans, et notre fils, Nicolas, cinq ans. Nos amis, monsieur et madame Lemercier n'ont pas d'enfant. Je vous envoie des arrhes immédiatement…

— Pas la peine.

— Mais si ; c'est l'usage pour les locations saisonnières.

— Ah, si c'est l'usage… ricana Pénélope.

— Eh bien, au revoir, et à très bientôt !

Pénélope raccrocha, partagée entre la stupéfaction et la fureur.

— Une location ! Les salauds ! Et, en plus, ils font du fric avec ma maison !

Elle s'accouda à la fenêtre, comme elle le faisait plusieurs fois par jour : pour le terrain, le partage avait été à peu près équitable ; avait-elle assez bataillé pour cela ! Au bout de plusieurs semaines de mesures, de vérifications et de contre-vérifications, elle avait fini par obtenir à peu près la moitié de ce qui avait été le potager et le verger des grands-parents. À peine la succession réglée, elle s'était empressée de faire monter une clôture – aussi laide que possible, la clôture – des poteaux de béton brut, reliés par du grillage d'un vert agressif derrière lequel elle avait installé un abri de jardin qui, en un seul hiver, avait viré du sapin clair au noirâtre. C'est la vue qu'ils avaient quand ils venaient dîner sur leur terrasse ou quand ils invitaient des amis à “prendre un verre”, comme ils disaient, au bord de leur mare à canards.

Au-delà du grillage, s'étendait leur jardin, des arbustes encore maigrichons et deux pelouses au milieu desquelles ils avaient fait tracer une allée sinueuse, histoire de se donner l'illusion d'avoir un parc. Basile et sa femme avaient toujours eu la folie des grandeurs ! Tout au fond, façade de granit, en partie déshonorée par un crépi blanc, il y avait ce qu'on avait toujours appelé la “grande maison” qu'elle ne cesserait jamais de considérer comme la sienne, la villa, comme ils disaient.

— Je t'en ficherai, moi, des “locations saisonnières” !

Comme d'habitude, lorsque la colère la prenait, Pénélope se parlait à voix haute « Et je vais supporter ça pendant tout le mois de juillet ! Et eux, pendant ce temps, avec l'argent, ils vont aller se dorer quelque part au soleil ; comme s'il n'y en avait pas ici, du soleil… Ils vont aller jouer aux touristes ; je me demande combien ils ont demandé pour la location… »

En tout cas, une chose était sûre, au bout du mois – s'ils tenaient un mois – les locataires, quand ils repartiraient, ce serait pour ne plus jamais revenir. Elle allait leur en faire baver aux Parisiens !

II

Un vigoureux coup de genou dans le gond et la grille s'ouvrit enfin dans un couinement pathétique.

— Tu entends, Maman, le portail a pleuré…

— Voyons, Annick, ne dis pas de bêtises ; tu sais bien qu'un portail ne peut pas pleurer !

— En tout cas, il est du genre récalcitrant, commenta Vincent.

— C'est vrai, dit le voisin, mais je le connais. C'est moi qui m'occupe du jardin. Vous voyez, il suffit de soulever un peu là, en dessous, avant de faire tourner la clé. Ceci dit, c'est vrai que vous auriez intérêt à donner un bon coup d'huile dans la serrure. Et quand vous n'avez pas besoin de rentrer la voiture, vous avez le portillon, là, vous voyez ? Il est un peu dur, lui aussi, mais on ne le ferme jamais.

— Merci, dit Vincent, nous vous avons dérangé. mais je crois que, tout seuls, on n'en serait pas venus à bout.

— Mais non, vous ne m'avez pas dérangé. Nous, les Bretons, on est toujours là, pour donner un coup de main !

À la dérobée, Margot lui jeta un coup d'œil : cheveux noirs de jais, des yeux très bleus dans un visage basané.

— Vous êtes breton ? dit Margot, étonnée.

— Breton pur jus ; enfin presque. Mon père est d'Étel et ma mère de Kabylie.

— Nous partageons la location avec des amis, fit-elle, ils arrivent dans moins d'une heure. J'avais commencé par sonner à l'autre maison, la petite, là en face…

— Chez Pénélope ?

— Pénélope, c'est mademoiselle Martin ?

— Oui ; il n'y avait pas de risque qu'elle vous ouvre !

— Pourtant, je l'ai eue au téléphone, il y a une semaine… Elle était très aimable…

— Mais oui, c'est une gentille fille, Pénélope. Mais dès l'instant qu'il s'agit de Basile…

— Monsieur Martin et elle sont cousins…

— Cousins germains. Brouillés à mort. Une histoire d'héritage… ça arrive parfois dans les familles. Enfin, vous voilà chez vous. J'habite à deux pas, je m'appelle Admer ; si vous avez besoin de la moindre chose…

Ils furent interrompus par des cris perçants. Mine de rien, en douce selon son habitude, Nicolas avait commencé à explorer son nouveau domaine ; il venait de trébucher dans un trou de la pelouse. Il était mal tombé, sur des pierres aux angles vifs ; l'un de ses genoux saignait, sur l'autre, une bosse grossissait à vue d'œil.

— Ça commence bien ! soupira Margot. Tu ne pouvais pas rester tranquille un moment ? Je vais chercher la trousse à pharmacie dans la voiture.

— C'est pas ma faute, hurlait Nicolas.

— Mais non, dit Vincent, ce n'est pas sa faute. Regardez-moi cela.

Du pied, il découvrait une dizaine de pierres plates à peine recouvertes par des mottes de gazon.

— Il croyait courir sur l'herbe, dit Vincent, il ne pouvait pas deviner qu'il y avait des pierres. Et regardez ! Ici encore un trou… C'est un véritable piège, cette pelouse, c'est d'un danger !

Il se tourna vers Admer :

— Puisque vous vous occupez du jardin, vous pourriez peut-être…

— Oh, le jardin, j'y viens à peine, de temps en temps, assez rarement, en fait.

Tout d'un coup, Admer avait l'air gêné. Comme pressé de partir, il renouvela mollement ses offres de services et s'éclipsa.

Vincent continuait à bougonner :

— Je ne comprends pas que les propriétaires nous aient laissé une pelouse dans un état pareil. Attention, les enfants, n'allez pas jouer de ce côté-là.

Il leva les yeux vers le côté du jardin.

— Le jardin est mal tenu mais regarde, on voit la mer.

Margot finissait de ranger sparadrap et mercurochrome.

— Ce n'est pas tout à fait la mer, dit-elle, c'est la ria.

— Maman, dit Annick, tu m'avais dit qu'on était près d'une rivière !

— Une rivière, une ria, c'est presque la même chose, sauf que c'est salé...

Nicolas avait cessé de pleurer.

— C'est quoi une ria ?

— On va aller la voir de près, je vais t'expliquer, dit Vincent.

Il entoura les épaules de sa femme.

— Nous n'avons pas déchargé.

— Ça peut attendre. N'oublie pas : nous sommes en vacances !

— Viens. Je gare la voiture dans la cour et on prend un moment pour admirer le paysage.

Le jardin descendait en pente douce, bordé par une haie de saules. À travers les frondaisons des arbres, on devinait le miroitement des eaux.

Ils remontèrent vers la maison pour contempler, de plus haut, le panorama : sous le soleil déjà haut dans le ciel, la ria d'Étel déployait mollement les méandres de ses eaux moirées, traversées par les courants de la marée montante. Sur la gauche, la fine silhouette du pont Lorrois se découpait telle une dentelle dans la lumière matinale. À droite, c'était l'îlot de Saint-Cado, ses maisons blanches serrées autour du clocher. Tout alentour, des criques si proches qu'il semblait que l'on pût les toucher, des bois qui se perdaient dans les découpures de la côte, des îlots comme posés sur leur reflet.

— Bravo, ma chérie ! dit Vincent. Tu nous as déniché une maison de rêve.

III

Derrière ses volets mi-clos, Pénélope observait. Alertée par un bruit de moteur et de portière que l'on claque, elle était accourue à son observatoire favori.

Quelqu'un était descendu : le conducteur, grand, silhouette longiligne.

— Chic, le jean ; même de loin, ça se remarque ; un pull jeté sur les épaules. Par ce temps !

Il avait sorti une clé de son sac de voyage. La clé du portail, bien sûr.

— Bon courage, mon bonhomme !

Il avait introduit la clé dans la serrure, essayé de tourner. En pure perte, évidemment... Sa femme était descendue à son tour.

— Celle-là, on peut dire que ce n'est pas une minceur... et elle est en bermuda, ce qu'il y a de plus dur à porter. Moi, je n'en mets pas et pourtant je ne suis pas aussi... je suis plus mince qu'elle.

Par la fente des volets entrebâillés juste ce qu'il fallait pour tout voir sans être vue, Pénélope ne perdait pas un seul des gestes des nouveaux venus. Elle les vit chacun à leur tour fourrager dans la serrure, s'arc-bouter, ensemble, sur le portail. Ils avaient l'air de s'énerver lorsque les autres apparurent du bout de la route. Les parents et les deux enfants. Ceux-là, c'étaient les Hermelin, Pénélope les connaissait déjà. Elle avait assisté à leur arrivée.

Il y eut des exclamations, des embrassades. Elle percevait des bribes : « Non, pas trop de monde sur l'autoroute… Temps magnifique… Pourvu que ça dure… Bretagne du Sud… Microclimat… »

Pénélope haussa les épaules : des questions sans intérêt, des réponses qu'on n'écoute pas.

— Tous les mêmes, ces touristes ! se dit-elle.

Elle tendit l'oreille.

— Pourquoi n'avez-vous pas rentré la voiture ?

— Nous n'avons pas réussi à ouvrir le portail.

— Attendez, dit celle qui devait être Margot Hermelin, Vincent va ouvrir ; on vient de nous montrer comment faire.

Pénélope guignait toujours. Elle vit le nommé Vincent tenter de soulever le bas du vantail à l'endroit indiqué par Admer, tandis que sa femme s'acharnait sur la serrure.

— On va bien y arriver quand même !

Il eut beau s'échiner, ça ne marchait pas.

— Et pour cause ! pensa Pénélope.

Les deux hommes s'y mirent ensemble ; sans plus de succès. Les femmes vinrent à la rescousse. Le portail résistait toujours.

— On ne va pas y passer la journée, dit le nouveau venu. Je laisse la voiture dehors ; tu dis qu'il y a une porte, sur le côté ? Je vais rentrer les bagages par là.

Tout doucement, Pénélope agrandit un peu la fente entre les deux battants ; elle tenait à ne rien perdre du déchargement. Peut-être allaient-ils essayer encore une fois de venir à bout de la serrure. En jubilant, elle les vit qui faisaient la chaîne pour se passer valises et sacs jusqu'à celui qu'on appelait Jean-Luc, lequel les déposait aux pieds des trois marches donnant accès à l'intérieur. On en était aux bicyclettes des enfants quand, soudain, Pénélope entendit un gémissement. Elle repoussa encore d'un cran les battants du volet : le nommé Jean-Luc, grimaçant de douleur, se tenait la cheville à deux mains, assis sur la première marche du perron…

— Toi aussi ! s'écria Margot.

— Comment, moi aussi ?

— Nicolas, tout à l'heure… Qu'est-ce qui s'est passé ?

— Je viens de me tordre le pied, là.

De la tête, il désignait la prise d'eau, tout près de la porte de la cuisine. On s'empressait autour de lui ; chacun y allait de ses remarques, de ses conseils.

Pour mieux entendre, Pénélope écarta encore les battants. L'un d'eux lui échappa et se rabattit malencontreusement sur le mur avec un bruit sec. Ils avaient tous levé la tête de son côté et la regardaient, étonnés.

D'un bond, Pénélope se retira. On entendit la fenêtre se fermer dans un claquement rageur.

Vincent inspecta l'étroite allée de terre qui menait

du portillon à la cuisine ; en un instant, il repéra un autre trou à peine visible sous la terre fraîchement retournée.

— Drôle d'endroit, bougonna-t-il, ce n'est pas un jardin, c'est une taupinière !

IV

Le médecin palpait la cheville.

— C'est une entorse. Sans complication. Hématome modéré. Je vous fais mal, là ?

Jean-Luc grimaça.

— Plutôt, oui. D'ailleurs, je n'ose même pas poser le pied à terre.

Le médecin rangea sa trousse et s'attabla pour rédiger son ordonnance.

— Je vous prescris un antalgique. Demain, ce sera déjà moins douloureux. Cheville au repos complet pendant au moins une semaine. Ensuite…

— Je pourrai nager ?

Le médecin abaissa ses lunettes pour considérer le zombi qui lui posait cette question saugrenue :

— Si vous y tenez. Avec deux bras, une jambe et la canne anglaise qu'on va aller vous chercher à la pharmacie. Mais ce ne sera pas simple…

Il prit le parti de sourire.

— Je sais, votre femme me l'a dit, vous êtes arrivé en vacances hier. Pas de chance ; mais vous pouvez faire de la bronzette et, dès qu'on accepte de tourner le dos à la plage, on découvre que le pays est plein de ressources ; vous verrez.

Sur ces paroles consolantes, il prit congé. Jean-Luc regarda les visages consternés qui faisaient cercle autour de lui.

— Ne faites pas ces mines d'enterrement ! Je suis blessé mais pas malade. Vous n'allez pas vous occuper de moi. Je ne veux pas vous gâcher vos vacances.

Comme d'habitude, Anne-Marie gardait le sourire.

— On va positiver et, d'abord, profiter du soleil. J'installe la table du déjeuner sur la terrasse. Il fait un temps magnifique. Tu viens m'aider, Annick ?

Nicolas, lui, s'était installé, accroupi au pied de la chaise longue où son grand copain était allongé.

— Tu pourras quand même me porter sur tes épaules ?

— Pas tout de suite, répondit Jean-Luc. Et pour toi, pour ton genou, qu'est-ce qu'il a dit le médecin ?

— Le toubib ? Il est méchant, il a tiré sur mon genou et après, il a appuyé sur la bosse, il m'a fait mal ; il a dit que c'était pas grave, qu'on allait me mettre un pansement qui mouille pas…

— Imperméable ?

— Oui, c'est ça ; que je pouvais courir et apprendre à nager avec Papa et que…

Ils furent interrompus par un fracas de vaisselle cassée. Annick venait de lâcher sa pile d'assiettes sur le ciment de la terrasse. Elle rentra en criant dans la cuisine :

— Maman ! Il y a une grosse bête noire, là-bas. Elle me regarde, elle m'a tiré la langue !

Apeurée, au bord des larmes, elle pointait le doigt. Tous les regards se braquèrent vers le bout du jardin. En partie masquée par les deux bouleaux, une grande forme noire, de taille humaine, dépassait la haie de troènes.

Ils descendirent vers le fond du jardin. De l'autre côté de la clôture, se dressait un grand cerisier. Tout en haut, à l'une des branches maîtresses pendait un énorme animal, quelque chose comme un matou monstrueux aux pattes déployées comme des bras menaçants. Ils s'approchèrent du grillage pour mieux voir le mannequin qui se balançait mollement au bout de sa branche. Le cou enserré dans une cordelette tenait la tête inclinée comme celle d'un pendu. Et, de la gueule béante, dépassait une langue de chiffon rouge vif.

Vincent prit sa fille dans ses bras, lui colla le visage contre le grillage :

— Regarde, ce n'est qu'un pantin en chiffon, pour effrayer les oiseaux. On appelle ça un épouvantail. Mais, il faut dire, fit-il en reposant Annick à terre, qu'on a soigné la mise en scène.

— Qu'est-ce que c'est que cette horreur ! s'exclama Anne-Marie. Je comprends qu'Annick soit effrayée. Il y a de quoi donner des cauchemars aux enfants.

— Aux grandes personnes aussi, renchérit Margot. Hier, quand nous sommes arrivés, il n'y avait rien, j'en suis sûre. Nous avons fait le tour du jardin, je l'aurais remarqué, cet épouvantail. Je vais aller sonner chez elle…

— Qui elle ?

— La cousine des propriétaires. Elle s'appelle Pénélope. On ne peut pas laisser cette affreuse chose en face de la terrasse où nous prenons nos repas, je vais le lui faire comprendre.

Mais il fallut remettre la séance d'explications à plus tard car, malgré plusieurs séries de coups de sonnette insistants, personne ne répondait chez Pénélope Martin.

— Drôle de début de vacances ! dit Jean-Luc qui avait suivi la scène de sa chaise longue.

Drôle, c'était une façon de parler… La veille, ils avaient pris possession des lieux et ce premier contact avec la maison où ils allaient vivre ensemble pendant un mois leur avait laissé des impressions contrastées.

Tout le monde avait apprécié les salles de bain modernes, pimpantes, la grande cuisine claire, fraîchement repeinte, luxueusement équipée.

— C'est ce qui m'avait plu quand j'avais visité la maison sur Internet avait dit Margot.

Le reste, en particulier les pièces à vivre du rez-de-chaussée, était vétuste et d'une tristesse affligeante. Anne-Marie résuma l'impression générale :

— On a l'impression que, dans cette maison, la vie s'est arrêtée, il y a cent ans.

— Soixante-dix environ, rectifia Vincent.

Il était planté devant un grand bahut à dessus de marbre.

— Époque juste avant-guerre ; 1935-1939. C'est du palissandre. Cela redevient à la mode. Il y a une forte demande pour le mobilier de cette époque.

Les chambres distribuées, les valises défaites, ils s'étaient installés au salon, autour de Jean-Luc, pour souffler un peu avant de se lancer dans la corvée des courses de première nécessité. Brusquement, Anne-Marie rejeta le magazine qu'elle commençait à feuilleter.

— Excusez-moi, je sors. Je ne sais pas ce que j'ai, je me sens mal dans ce salon.

— C'est vrai, dit Margot, ce mobilier est peut-être coté chez les antiquaires mais moi, je le trouve d'une laideur déprimante.

Ce qui, de l'avis général, était sans importance. On était ici pour prendre l'air, le soleil, pour lézarder sur les plages, pour nager. On allait bouder le salon et ses fauteuils en "vachette pleine fleur" – comme le précisait l'état des lieux – et la salle à manger aussi accueillante qu'un buffet de gare.

Mais le soir, lors de leur premier dîner sur la terrasse, ils eurent un choc : l'épouvantail, violemment éclairé, était plus présent que jamais.

Vincent grimpa quatre à quatre à l'étage et redescendit aussi sec.

— Elle a branché un spot ?

— Deux.

On fit déménager les enfants, dos tourné au jardin. Quant à Margot, Vincent, Jean-Luc et Anne-Marie, ils dînèrent, dans les senteurs montant du jardin fraîchement arrosé, dans la lumière dorée du coucher de soleil, face au chat monstrueux qui les regardait de ses yeux vides.

V

Pénélope Martin coupa le contact, sortit de la voiture, sans faire claquer la portière. Elle fit trois pas et, sur le point d'ouvrir sa porte, elle s'immobilisa sur le seuil pour inspecter les alentours. Personne en vue. Depuis trois jours qu'elle jouait à cache-cache avec les locataires de la "grande maison", elle avait réussi à déjouer toutes leurs tentatives pour établir le contact. À plusieurs reprises, on avait sonné, actionné la clochette qu'elle gardait à l'entrée du jardin, par coquetterie. Elle avait branché son téléphone sur répondeur ; ce qui, pour le moment, ne les avait pas découragés. Il y avait aussi ce mot – aimable, il fallait en convenir – trouvé dans sa boîte aux lettres et auquel elle s'était bien gardée de répondre. Ce qu'ils voulaient ? Pas difficile à deviner. Elle les avait entendus se récrier quand ils avaient découvert Théodore. Sa ligne de défense était simple : est-ce qu'on pouvait lui en vouloir de protéger ses cerises contre les étourneaux ? Généralement, elle ne sortait son épouvantail que lorsque Basile et sa femme invitaient des amis. Cette fois, vu la situation, Théodore resterait sur son arbre jusqu'à la fin du mois.

Elle entra chez elle, ouvrit tout grand les volets, même ceux du “jardin de derrière” : elle était seule. Par ce temps superbe, les Parisiens devaient être encore à la plage, même celui qui boitillait sur sa canne anglaise. Elle quitta sa tenue de bureau censée dissimuler ses rondeurs : chemisier flottant sur une jupe stricte, à mi-mollet. Elle s’octroya une douche rapide et consulta la pendulette de sa chambre : à peine six heures.

Elle s’étira en soupirant d’aise, elle avait, devant elle, une bonne heure de tranquillité. Car, à force de les observer, derrière ses volets, dès qu’elle en avait l’occasion, le matin avant de partir pour Lorient et en fin de soirée, lorsqu’elle rentrait, elle connaissait leurs habitudes, leurs vêtements, leurs prénoms. Elle finissait même par éprouver le curieux sentiment, sans leur avoir jamais parlé, de les connaître presque comme – mais elle se serait fait couper en morceaux plutôt que d’en convenir – presque comme des amis. Des amis… c’était ce qui lui avait toujours manqué.

Elle passa un vieux jean et un tee-shirt presque neuf mais qui lui boudinait les seins, un mauvais achat – un jour que, pleine d’espoir, elle commençait un nouveau régime – et elle descendit avec l’intention d’arroser ses plantations.

Elle brancha le tuyau de l’arrosoir, ouvrit le robinet et commença par les plants de tomates qui commençaient à rosir.

— Si le beau temps continue…

Il y avait aussi des haricots verts et des rames de petits pois, prometteurs quand ils avaient échappé aux coups de pioche d'Admer. Petit à petit, plate-bande après plate-bande, elle se rapprochait de la clôture. Quand elle arriva près du grillage, elle posa l'arrosoir à terre pour s'occuper de Théodore : remonter la cordelette au plus haut sur la branche, agrémenter le nœud coulant d'une cravate vert vif, ce qui rendait la langue pendante encore plus monstrueuse.

Elle reprit son arrosage, pensive, ruminant de vagues remords. Les Parisiens de la grande maison n'étaient probablement que des touristes ordinaires et elle, Pénélope, s'ingéniait à leur empoisonner leurs vacances. Elle les avait entendus pester contre les bosses de la pelouse, s'étonner en découvrant les trous qu'ils repéraient un à un, un peu partout dans le jardin. Que l'un d'entre eux mette un pied, un seul, dans son territoire, et l'on s'étonnerait de constater que son jardin aussi était éventré. Faire la sourde oreille, c'était le seul moyen d'éviter les questions gênantes. Admer, ces temps derniers, n'avait pas ménagé sa peine pour creuser. Mais, comme d'habitude, il avait abandonné la besogne à moitié faite : elle considéra les saignées qui traversaient les plates-bandes, isolant, sans raison apparente, des îlots de petits pois, des carrés d'oignons, des archipels de haricots encore en gousse.

Cela ne pouvait manquer d'intriguer n'importe

quel visiteur, même le plus novice en jardinage. Les Parisiens avaient tout l'air de vacanciers inoffensifs mais sait-on jamais…

Un coup de sonnette la fit sursauter. C'était la clochette du "jardin de devant". Admer ? Sûrement pas, ce n'était pas son heure.

Elle amorça un mouvement de fuite.

Trop tard. On était entré : une voix d'enfant, des pas sur le gravier…

— Bonjour ! Mademoiselle Martin ? Je suis Margot Hermelin et voici mon fils, Nicolas.

Pénélope s'immobilisa sur place. Immédiatement, elle avait reconnu l'intruse. Sans songer à répondre, machinalement, elle enregistrait des détails : de près, Margot Hermelin était plus jeune qu'elle aurait cru, toute mince, très jolie, à peine bronzée, pas maquillée, des yeux noisette…

— Nous nous sommes parlé au téléphone, vous vous rappelez ? Je ne vous dérange pas ? Tu dis bonjour, Nicolas ? Pas bonjour ; Bonjour, Madame, s'il te plaît. Nous sommes voisins pour un mois ; il faut que nous fassions connaissance. On aimerait que vous veniez prendre un verre avec nous.

Pénélope, interdite, avait oublié son tuyau d'arrosage, pointé droit sur ses pieds sans prendre garde à l'eau qui lui ruisselait dans les socques.

— Vous faites quelque chose de particulier ce soir ? Non ? Alors, je vous emmène et on peut vous garder à dîner ?

Pénélope jeta un regard de détresse sur son pantalon avachi.

— Vous êtes toute mouillée ! Allez vous changer, je vous attends ; et prenez un lainage ! La fraîcheur tombe vite, le soir, sur la terrasse.

VI

Pénélope conduit machinalement. Elle roule sans un regard pour ce que l'on découvre en traversant le pont Lorrois. La vision panoramique de la ria d'Étel, il y a des gens qui viennent de loin pour voir cela. Elle, elle s'en fiche… D'ailleurs, ce trajet qu'elle fait deux fois par jour, aller-retour, elle le connaît par cœur. Jamais rien de nouveau. C'est comme dans sa vie. C'est pour cela que, lorsqu'il arrive quelque chose d'imprévu, il ne faut pas bouder son plaisir. Tant pis pour les résolutions qu'elle avait prises, tant pis pour la prudence, ce dîner, hier soir, elle en a encore plein la tête et chaud au cœur. Parce qu'ils sont sympathiques, les Parisiens. Et simples. Et marrants. Oui, il y a longtemps qu'elle ne s'est pas amusée d'aussi bon cœur.

Sans avoir le temps, ni le courage, de résister, en deux temps trois mouvements, elle s'est retrouvée sur la terrasse de la grande maison, un verre de punch à la main.

— Ça vous va, le punch ? On a aussi du jus d'orange… Mais ce serait dommage. Le rhum est exceptionnel, il vient de Martinique…

— Je suis sûr qu'on peut trouver le même à Paris...

Celui qui vient de parler, c'est Jean-Luc, la cheville blessée.

— ...Ma femme, Anne-Marie, dit-il en se tournant vers Pénélope, est incorrigible. Un quart d'heure de retard sur un vol, et elle dévalise les boutiques d'aéroport.

Tout le monde parle à la fois, à bâtons rompus : « Les retards, on ne sait jamais combien de temps ça va durer... Elle a bien fait... Remarquable ce punch... Vous savez, du premier étage, on plonge sur votre jardin... Vous habitez toute l'année ici ? Ma tunique aussi, c'est la boutique d'aéroport de Fort de France... Fou ce que ça te va bien, ce fuchsia... Les couleurs importables, il suffit d'oser... »

Pénélope songe amèrement qu'elle possède la même tunique, jamais portée. Elle, elle n'ose pas...

Et ça continue : « Charmante votre maison, beaucoup de cachet... une maison de famille ? Depuis plus de deux cents ans ! Je comprends que vous ne bougiez pas pendant l'été... Il doit y avoir de bons bistrots par ici... Il faudra nous donner des adresses ; Pénélope, on compte sur vous pour nous piloter... »

Grâce au punch – on lui en a d'autorité servi un supplément – Pénélope arrive timidement à placer qu'elle fait un voyage par an, après la saison. L'année dernière, justement, la Martinique...

— Ça vous a plu ? C'est vrai qu'il faut choisir l'époque... Et la Guadeloupe, vous connaissez ?

On n'écoute pas sa réponse parce que ça grésille sur le barbecue.

— Attention ! Les saucisses sont en train de cramer ! s'exclame Vincent. À table !

Nicolas sourit, aux anges :

— Papa dit des mots défendus.

— Parce que je suis grand ; toi, tu n'as pas le droit.

Mal élevé, le gamin. Comme tous les enfants d'aujourd'hui. Il mange les coudes sur la table, la fourchette en l'air, interrompt les grandes personnes. On lui passe tout. Surtout son père. Jean-Luc aussi. Intimidant, ce Jean-Luc. Quand il lui a serré la main, Pénélope s'est sentie jaugée, cataloguée “grosse fille mal fagotée”. Est-ce encore un coup de ces fameux complexes dont la psychologue lui répète qu'il faut qu'elle se débarrasse ? Mais elle doit reconnaître que, toute la soirée, Jean-Luc s'est montré courtois, attentionné :

— Encore un peu de vin ? De l'eau, c'est vrai ? Vous voulez des glaçons ?

« Un voisin de table comme j'en ai rarement eu... jamais eu pour dire la vérité. C'est peut-être simplement la canne anglaise qui lui donne l'air un peu distant. Tout se passe bien. » Contrairement à ce qu'elle craignait, on ne lui a pas demandé d'enlever son épouvantail. On a même trouvé amusant qu'elle lui ait donné un nom : « Théodore... Ce que c'est drôle ! »

Quand elle traverse le pont Lorrois, Pénélope revient sur terre et se rappelle qu'elle est dans un fameux pétrin. Tout a commencé à cause d'Annick. Il paraît qu'elle a sept ans. Pas en avance pour son âge ! Une pleurnicheuse. Quand elle s'est assise à table, elle a lancé à la cantonade, d'une voix flûtée :

— J'ai pas faim.

Comme personne ne pipait, elle a mangé toutes ses frites, laissé la viande et récidivé :

— J'ai pas faim du tout.

Et voilà Anne-Marie qui s'inquiète, comme si c'était sa propre fille :

— Annick est perturbée ; je crois que c'est à cause de l'épouvantail.

— Nous lui avons dit et répété que c'était pour effrayer les oiseaux, que ce n'était qu'un tas de chiffons…

— Peut-être ; il n'empêche que des tas de chiffons comme cela, c'est impressionnant ! Elle m'a avoué qu'elle en fait des cauchemars…

— C'est vrai ? demande Margot.

La pleurnicheuse pleurniche, ravie qu'on s'occupe d'elle.

— J'ai une idée, s'exclame Vincent. Pour que les enfants n'aient plus peur de Théodore…

— Moi, j'ai pas peur ! crie Nicolas.

— Il faut qu'ils le voient de près, qu'ils le touchent…

Et il se tourne vers moi :

— Puisque nous avons la chance d'être tombés sur la plus charmante des voisines…

Et moi, comme je suis la reine des gourdes, je me sens rougir jusqu'à la racine des cheveux.

Il fait comme s'il ne s'en apercevait pas et il continue :

— Nous avons fait connaissance, il nous reste à découvrir votre domaine. Pénélope, avec votre permission, nous allons organiser un pique-nique dans votre jardin, au pied de Théodore. Vous n'aurez rien à faire, vous serez invitée chez vous. On s'occupe de tout ; et moi, je m'installe aux fourneaux.

Il me fait un grand sourire et un clin d'œil :

— J'adore faire la cuisine quand je suis en vacances je vais vous faire goûter une spécialité de mon pays, la Sardaigne…

La Sardaigne ! Je tombe des nues :

— C'est vrai que vous êtes Italien ? On ne s'en douterait pas. Vous parlez français sans accent…

Tout le monde rigole. Sauf moi. J'ai dû lâcher une ânerie, comme d'habitude.

Margot vole à mon secours :

— Vincent, tu exagères ! Ne l'écoutez pas, il fait le coup à tous les gens qu'il rencontre pour la première fois…

Tout le monde s'amuse ; finalement, moi aussi. Vincent plus que les autres. Il arrose la tarte aux pommes avec du muscat :

— Un truc à moi. Pas vraiment diététique, mais délicieux.

Tout en continuant de plaisanter :

— Mais c'est vrai que je suis immigré… de la troisième génération… Intégration réussie ; la preuve : je peux aussi préparer un filet mignon aux pruneaux. Qu'est-ce que vous en dites, Pénélope ?

Vincent, il n'est pas particulièrement beau, mais c'est le genre qui plaît aux femmes. Du charme… C'est peut-être à cause de sa voix ou, alors, les yeux. Quand il vous regarde, ce mec-là, c'est comme s'il vous caressait avec les yeux. Ce qu'il y a de terrible, c'est qu'il le sait. Je sens que je repique un fard. C'est peut-être le muscat. Il me semble que j'ai tenté de protester… que je ne pouvais pas accepter, que… Peine perdue. Ils ont pris ça pour de la discrétion.

— Mais si, voyons, c'est tout naturel entre voisins, une petite bouffe toute simple…

On commençait à desservir, en plein brouhaha. J'ai proposé d'aider. Les enfants battaient des mains. Ils hurlaient qu'ils ne voulaient pas aller se coucher, qu'ils voulaient aller dire bonsoir à Théodore. Jean-Luc les a fait monter. Margot et Anne-Marie m'ont raccompagnée, elles discutaient du jour :

— Mercredi soir, vous êtes libre ? Non ? Jeudi alors ?

Je ne sais plus à quel moment j'ai dit oui. Comment vais-je me tirer de là ?

VII

Des mois plus tard, lorsque, rentrés à Paris, au cœur de l'hiver, ils se remémoraient leur été à Saint-Cado, ils furent incapables de se rappeler comment avait débuté cette impression de malaise qu'ils avaient très vite éprouvée dans la maison. Encore plus incapables de situer le moment où le malaise avait fait place à l'inquiétude.

Ce n'était pas la villa en elle-même. Vue de l'extérieur, la grande maison, comme disait Pénélope, était une longère traditionnelle, comme on en voit beaucoup dans les villages du Morbihan. On l'avait modernisée, plutôt maladroitement. Cependant malgré l'adjonction d'un étage crépi de blanc qui jurait avec le granit du rez-de-chaussée, grâce à la terrasse bordée de rosiers grimpants et la glycine courant tout au long de l'auvent, l'ensemble était accueillant.

En revanche, dès que l'on franchissait le seuil, c'était une tout autre ambiance à laquelle, décidément, on ne s'habituait pas. Jean-Luc parlait de "dissonances entre le site et la maison". Les pièces du rez-de-chaussée étaient tendues d'un tissu verdâtre qui dispensait une lumière glauque sur les nombreux tableaux, dessins, chromos en tout genre, accrochés ou simplement punaisés aux murs. Et que dire des quelques objets, à vocation décorative, posés sur les meubles, tous plus affreux les uns que les autres sinon qu'ils étaient d'une laideur affligeante. Pourtant, un soir qu'elle cherchait des couverts supplémentaires, Anne-Marie avait ouvert les portes d'un vaste placard empli de bibelots en tout genre, vases garnis de fleurs artificielles, animaux en porcelaine, pièces d'argenterie, certaines fort belles, portant des poinçons anciens, mais qui auraient eu grand besoin d'un sérieux astiquage. Vincent, familier des brocantes et des salles des ventes, avait immédiatement repéré deux vases en verre décoré :

— Ça alors ! Ce sont des Gallé !

— C'est-à-dire ?

— Gallé est un verrier, un des fondateurs de l'Art Nouveau. La plupart de ses œuvres ont été achetées par les musées ; il y en très peu chez les particuliers.

— Et ce sont des vrais ? Tu es sûr ?

— Je n'ai pas ma loupe, mais j'en suis quasiment sûr. Faites attention ! Il ne s'agit pas de les casser, ni même de les rayer, ça vaut une petite fortune, ces choses-là !

Pourquoi les propriétaires, au lieu d'exposer de minables objets, laissaient-ils dormir ces trésors dans un placard poussiéreux ?

— Parce qu'ils ont mauvais goût.

— Ils pourraient les vendre…

— Sans doute, fit remarquer Jean-Luc, n'ont-ils aucune idée de leur valeur...

Il y avait encore le dîner-pique-nique chez Pénélope. À peine arrivée, alors qu'elle déballait les assiettes en carton, Margot s'était retrouvée à plat ventre, le nez dans la terre. En cause, le trou, mal rebouché, où elle venait de trébucher.

Chez Pénélope aussi, le jardin était rongé de trous, de tranchées où l'on risquait de se tordre les pieds à chaque pas.

Devant l'étonnement de ses visiteurs, Pénélope avait donné des explications embarrassées :

— C'est pour poser des pièges. On est envahis de taupes et de mulots...

Le lendemain matin, Admer qu'on avait convoqué pour lui demander de remettre en état la pelouse de la grande maison, avait fourni une autre version, plus poétique que convaincante.

— Les sols, c'est comme les gens, il faut leur donner de l'air.

Et puis, ils avaient fait une autre découverte. En examinant le portail qui ne s'ouvrait qu'au bout de deux, voire trois tentatives, Jean-Luc s'était rendu compte que, si la serrure grippait, c'était qu'elle était à moitié engorgée par du sable.

Admer, devenu l'homme providentiel, avait réponse à tout :

— C'est à cause de la tempête qu'on a eue, la semaine dernière. Par grand vent, on trouve de tout dans les jardins, des algues, des coquillages vides ; alors le sable, vous pensez !

Mais renseignements pris, le temps avait été étonnamment calme depuis trois semaines…

Pour rien au monde, Vincent n'aurait laissé à quelqu'un d'autre le soin d'aller au marché. Les marchés, à Paris comme en vacances, c'était son affaire. On le laissait mener les achats à sa guise, ce qui arrangeait tout le monde. Un jour, Vincent revint du marché de Belz avec deux cageots débordant de légumes, un plateau de fraises qui embaumaient et un grand cabas plein de langoustines. En prime, il rapportait quelques ragots.

— Pendant que je faisais la queue au stand du poissonnier, j'ai bavardé avec un couple, des gens du pays. Ils savent qui sont les Martin. Et, au passage, j'ai cru sentir qu'ils n'ont pas l'air de les porter en grande estime… Au sujet de leur maison, il paraît qu'il s'y est passé de drôles de choses, il y a longtemps. Des bruits ont couru, pendant quelques années. Dans le pays, on disait qu'elle était hantée.

— C'est quoi, « hantée » ?

— Nicolas, je t'ai dit cent fois qu'on ne dit pas « c'est quoi »…

— Moi je sais !

On se tourna vers Annick.

— Moi, je sais. Hantée, ça veut dire qu'il y a des fantômes… Il y en a qui sont méchants ; je veux pas rester ici !

Elle était au bord des larmes. Margot prit sa fille dans ses bras.

— Écoute-moi, chérie. Les fantômes, ça n'existe que dans les contes. Dans les maisons, il n'y a pas de fantômes, dans les maisons, il n'y a que des souvenirs.

VIII

Ce fut le lendemain, un samedi matin, que le ciel leur tomba sur la tête.

Contrairement aux us et coutumes des vacances, on s'était levés tôt, même Vincent qu'il avait fallu tirer du lit, presque de force et contre promesse d'un brunch au retour. Annick et Nicolas, tout émoustillés, trépignaient.

— Un brunch comme à l'hôtel ?

— Oui.

— Avec des œufs pochés et de la marmelade d'orange ?

— D'orange, je ne sais pas…

Sans en parler à Margot, qui trouvait qu'on mangeait trop gras, Anne-Marie avait aussi promis des croissants.

Le projet était d'aller jusqu'à la réserve ornithologique de Pen Mané. En arrivant, les enfants avaient été déçus par le paysage de marécages et de landes. On leur avait expliqué que les grands oiseaux sauvages nichent volontiers dans les roseaux. Qu'il fallait rester tranquille, ne pas crier si l'on voulait les écouter et observer les ébats matinaux des hérons cendrés, des aigrettes, des échasses. Au bout d'une heure de sagesse et d'attention, il fallait se détendre. La matinée s'était poursuivie du côté d'Erdeven, sur la plage de Kerminihy. Jean-Luc n'avait pas encore la permission de nager mais il prenait son mal en patience en marchant dans l'eau.

— L'eau de mer est même conseillée, avait dit le pharmacien.

Midi était passé depuis longtemps lorsque Margot fit remarquer qu'on avait pris assez de soleil et qu'il fallait songer à rentrer.

Une heure sonnait au clocher de l'église de Saint-Cado lorsqu'ils descendirent de voiture, enchantés, un peu ivres de grand air et de soleil, la faim au ventre.

Un énorme camion bouchait l'entrée.

— Qu'est-ce que c'est que ça ? s'exclama Anne-Marie.

Ça, c'était, plantée au beau milieu de la pelouse, une caravane autour de laquelle trois hommes s'activaient.

— Bonjour, dit l'un d'eux. Vous arrivez au bon moment. On a presque fini.

— Fini quoi ? demanda Vincent.

— L'installation. Le jour était fixé, mais on ne savait pas à quelle heure on pourrait venir ; vous savez ce que c'est, en été, on est débordés... On a essayé de vous prévenir avant de partir mais ça ne répondait pas.

— Attendez, dit Vincent. Il y a erreur...

— Erreur ? Je ne crois pas. Nous sommes bien 4, Chemin des Algues, chez monsieur Martin ? Basile Martin ?

— C'est le propriétaire, oui, mais il n'a pas…

— Loué une caravane ? Bien sûr que si ! Voilà le bon de location, signé de sa main : pour deux mois, juillet et août, modèle “Grand canyon”. Vous verrez, vous serez satisfait ; c'est spacieux, confortable. En fait, ça tient plus du mobile-home que de la caravane. C'est pour votre père, je crois ?

— Mon père est décédé, il y a cinq ans, fit Vincent, sèchement. Maintenant, vous allez nous expliquer…

Expliquer, ils voulaient bien… Jean-Luc, Anne-Marie et Margot avaient rejoint Vincent. Ils faisaient chorus autour des trois hommes. Ce qui ressortait des questions, exclamations, dénégations, c'était que la caravane avait été retenue par téléphone début juin, pour monsieur Gabriel Martin. Caution et location payées par carte bancaire…

— À quel nom la carte bancaire ?

— Voyez vous-même ; au nom de monsieur Basile Martin.

— Impossible ! Au mois de juin, nous avions déjà signé pour la location de la villa. C'est un malentendu.

Les mécaniciens affichaient un air ennuyé.

— Nous, dit l'un d'eux, on fait notre boulot. S'il y a malentendu, faudra voir ça avec le loueur et monsieur Martin. C'est pas notre problème.

Les trois hommes finirent de ranger leurs outils. L'énorme camion démarra dans un jet d'odeurs de gas-oil. Depuis son dîner avec les Parisiens, Pénélope avait renoncé à se planquer derrière les volets. On était samedi, son jour de congé. Accoudée à sa fenêtre, elle n'avait rien perdu de la scène. Au premier signe, elle accourut, pas fâchée que ses nouveaux amis se rendent enfin compte qui étaient vraiment Basile et Céline, sa femme.

— Pas un pour racheter l'autre… Je savais qu'il n'y a rien à attendre de bon de la part de Basile. Mais de là, à vous faire héberger Gabriel, sans vous avoir prévenus, ça dépasse tout ce qu'on peut imaginer !

— Il n'est pas question d'héberger qui que ce soit ! trancha Jean-Luc.

— Ni de garder cette caravane, au milieu du jardin ! renchérit Anne-Marie. Où peut-on le joindre, votre cousin Basile ?

Pénélope haussa les épaules : elle n'en savait rien. Basile et elle ne se parlaient plus depuis un an… D'après une de ses copines de bureau – dont la sœur travaillait dans une agence de voyages – ils auraient acheté une croisière, chère ; elle croyait que c'était en Chine.

Les questions pleuvaient :

— Ce Gabriel Martin, c'est quelqu'un de la famille ? Vous savez qui c'est ?

Si elle savait ! Gabriel était leur grand-oncle à Basile et à elle…

Les enfants vacillaient sur leurs jambes. Et tous défaillaient d'inanition.

Pénélope ne se fit pas prier lorsqu'on l'invita à partager le brunch.

Elle était lancée, intarissable sur ses histoires de famille, sur le mariage de sa grand-mère “qui avait du bien”, sur Gabriel qui ne s'était jamais marié mais qui avait désespéré bien des femmes après en avoir ruiné quelques-unes…

On essaya de la ramener au sujet :

— Quel âge a-t-il ?

— Quatre-vingts ans sonnés depuis longtemps. C'est un coureur…

— À son âge ?

— Non, plus maintenant, enfin presque plus. Il s'est mis sur la paille, à cause des femmes… À présent, complètement gaga ou presque mais toujours insupportable. C'est pour ça qu'ils l'ont mis en maison de retraite…

— Qui ils ?

— Basile et sa femme, parbleu ! Et ils vont le voir, lui font mille grâces, lui apportent des bouteilles de porto en cachette. Je le sais par un aide-soignant qui travaille dans la maison de retraite. Deux hypocrites ! Ils s'en moquent bien de Gabriel ! Toutes ces amabilités, ce ne sont que des manœuvres pour capter l'héritage, comme ils l'ont fait pour la grande maison…

— Vous disiez qu'il était ruiné…

— Il n'a plus d'argent ; mais il lui reste des terres. Des champs, en bordure de mer, vous voyez ce que ça peut valoir ?

Il ne fallait pas songer à interrompre Pénélope. C'était simple, à l'entendre – et elle avait l'accent de la sincérité – son cousin Basile avait tous les défauts. Un vrai salaud, capable de tout.

— D'abord, il est chasseur.

Anne-Marie non plus n'aimait pas les chasseurs.

— Ce n'est pas très sympathique, mais, tout de même, c'est légal.

— Vous allez voir comme c'est légal ! Je vais vous le dire, moi, comment il chasse. Basile a un copain, Rémy, l'âme damnée de Basile, son “alter ego”, comme il dit. Ce Rémy est une espèce de voyou, un paresseux qui ne vaut pas la corde pour le pendre et qui a déjà failli avoir maille à partir avec la police. Basile et lui se sont construit une cabane, en toute illégalité, dans la forêt de Locoal-Mendon, du côté du chemin de Cadoudal. Souvent, ils vont y passer la nuit, pour être debout, à la première heure, pour qu'on ne les voie pas et ils tirent sur les oiseaux de la réserve.

— Sur des espèces protégées ?

— Ah, ricana Pénélope, ce qu'ils peuvent s'en moquer, eux, des espèces protégées !

On avait envoyé les enfants faire la sieste.

Lorsque, enfin, Pénélope s'en alla, Vincent, Jean-Luc et Anne-Marie se concertèrent : que pouvait-on faire ? Téléphoner à l'agence de voyages ? Consulter la compagnie d'assurance – plainte pour non-respect des conditions contractuelles ?

Margot, au bord du découragement, contemplait la caravane qui bouchait la vue sur la ria.

IX

Gabriel fit son apparition dans la soirée. Une voiture portant l'adresse d'une maison de retraite des environs entra par le portail laissé ouvert, klaxonna bruyamment avant de s'immobiliser, sans égard pour l'herbe tendre, tout près de la caravane. En sortirent une valise, un sac de voyage, le conducteur et, par la portière arrière, un petit vieillard en casquette bleu marine qui descendit d'un pied alerte en refusant l'aide du chauffeur. Celui-ci prit les bagages et s'avança vers la terrasse où les Parisiens abandonnèrent leurs jus de fruits :

— Eh bien, nous voilà, dit-il, le plus naturellement du monde. Je vous présente Gabriel.

Il s'approcha, baissa le ton :

— En principe, il est un peu dur d'oreille mais, avec lui, on ne sait jamais s'il n'entend pas ou s'il fait semblant. Je vais l'installer, ranger ses affaires. Tout est arrangé avec le service social : on lui apporte ses repas midi et soir. Vous n'aurez qu'à vous occuper du petit-déjeuner…

Vincent retrouva du souffle pour se rebeller :

— Nous ne nous occuperons de rien du tout ! Nous avons loué la villa pour les vacances. Vous allez ramener ce monsieur d'où il vient. Nous ne…

Tranquillement, sans se démonter, le chauffeur sortit de sa poche un papier à en-tête qu'il exhiba : en accord avec le directeur de la maison de retraite et de l'intéressé, monsieur Gabriel Martin réintégrait temporairement sa famille ainsi qu'en témoignait le formulaire dûment signé par son neveu et curateur, Basile Martin.

— Vous comprenez, dit le chauffeur, ce n'est pas qu'il soit désagréable mais, disons que c'est un hyperactif. Impossible de le faire tenir tranquille, même la nuit. Il se balade partout, entre dans les chambres des autres pensionnaires, prend leurs affaires, leurs vêtements, prétend que ce sont les siens. Bref, si vous me permettez l'expression, il fout le bordel. Et comme en été, on est en sous-effectif, on ne pouvait vraiment pas le garder.

Pendant de temps, Gabriel avait fait quelques pas. Il revint et soupira :

— C'est rudement bon de se retrouver chez soi.

Il avisa Margot et Anne-Marie, attrapa Margot, lui planta un baiser sonore sur chaque joue.

— Et celle-là, elle n'est pas mignonne ! fit-il en lançant une tape sur les fesses d'Anne-Marie.

Et avec un clin d'œil à Vincent et Jean-Luc, médusés :

— Honneur aux dames ! Toujours, c'est un devoir !

Il y eut un moment de flottement. Anne-Marie rajusta son bermuda, Margot s'essuyait discrètement les joues. Jean-Luc, appuyé sur sa canne, regardait Gabriel comme il l'eût fait pour un ovni. Quant à Vincent, il semblait mesurer la longueur de la caravane en même temps que l'incongruité de la situation. Les enfants, fascinés, rôdaient autour de cette drôle de maison roulante. Annick s'enhardit :

— Maman, je pourrais monter dans la roulotte ? Dis, Maman, je peux monter ? Pour voir comment c'est à l'intérieur ?

— Et moi aussi ? implora Nicolas.

— Si vous voulez, dit Margot, résignée. À condition que le monsieur le permette.

Gabriel avait déjà empoigné Nicolas par la main. Annick suivit.

Le chauffeur avait défait les bagages. Il sortit de la caravane.

— Voilà, j'ai vérifié, tout fonctionne. Je vous laisse. Vous verrez, il n'est pas méchant, Gabriel, mais il est comme tout le monde, il a ses petites manies. Par exemple, ne l'appelez pas « Pépé », il ne le supporte pas.

— Aucun risque, protesta Jean-Luc, jamais nous ne nous laisserions aller à une pareille familiarité...

— Appelez-le Capitaine.

— Il était capitaine ? Capitaine de quoi ?

— On ne sait pas, mais ça lui fait plaisir. Ah, un dernier mot : de temps en temps, vous le verrez lever les bras au ciel et rester immobile un moment. C'est quand il fait l'archange.

— Quel archange ?

— L'archange Gabriel. Ne vous inquiétez pas. Généralement, ça ne dure pas. Et puis, vous verrez, il aime beaucoup les enfants, vous avez de la chance.

— Vous trouvez ! dit Margot, accablée.

X

L'arrivée de Gabriel marqua une rupture radicale avec l'insouciance des premiers jours. En attendant de se débarrasser de l'intrus, ils étaient bien décidés à poursuivre leurs vacances comme si de rien n'était. Ils durent très vite déchanter.

Sûre de leur bon droit, Anne-Marie était péremptoire :

— Malentendu ou indélicatesse, c'est un abus inadmissible. Il faut faire en sorte de ramener ce vieux gaga à sa maison de retraite, et dans les plus brefs délais.

— D'ailleurs, dit Margot, Pénélope est toute disposée à nous aider. Elle me l'a répété ce matin, avant de partir au bureau.

En effet, avec leur voisine de la petite maison, les choses étaient passées au beau fixe. L'heure n'était plus aux coups fourrés. La serrure du portail impraticable ? Pénélope avait fini par avouer que c'était elle la coupable :

— Après tout ce que Basile et sa femme m'ont fait ! La grande maison devait me revenir. Ma grand-mère me l'a toujours dit. Ils m'ont dépouillée ; et, en plus, ils me narguent ! Alors, je voulais saboter leur location. Comprenez-moi...

On l'avait rassurée : un peu de sable dans une serrure ? Ce n'était pas grave ; rien qu'une espièglerie sans importance. D'autant que Pénélope, depuis le pique-nique dans son jardin – qui avait été un franc succès – multipliait les gestes d'amitié : un saladier plein de cerises encore tièdes de soleil, des salades "cueillies de ce matin". Mieux encore, elle avait spontanément proposé de remiser son épouvantail au garage. Elle avait dû y renoncer devant les cris des enfants. Annick et Nicolas s'étaient entichés de Théodore à qui ils venaient quotidiennement dire bonjour et bonsoir. Annick apprenait à tricoter. Elle parlait de lui confectionner « un cache-nez pour l'hiver ».

Comme toujours, c'était Nicolas qui posait les questions embarrassantes :

— Pourquoi il tire la langue, Théodore ? Ça lui fait mal ? Il est pas mort ? Pourquoi il a une corde autour du cou ?

On avait dû expliquer, en contournant les détails trop précis, que Théodore était juste "un peu pendu" et que, s'il tirait la langue, c'était qu'il était mal élevé.

Annick avait trouvé la formule :

— C'est un "pendu pour rire".

Grâce à Pénélope – toujours elle – on avait appris le nom de l'agence où Basile et sa femme, « une fameuse paire de salauds », répétait Pénélope, avaient réservé leur croisière.

— Je m'en occupe, dit Jean-Luc. Je ne peux pas nager mais je peux conduire et téléphoner. Je vais me débrouiller pour joindre Basile Martin et sa femme où qu'ils soient. Non-respect des clauses du contrat de location. S'ils sont de bonne foi, ça devrait se régler rapidement.

— Attention ! Vous ne les connaissez pas comme je les connais ; ce sont des faux-jetons. Soyez ferme ! Ne vous laissez pas faire !

À présent, complètement acquise à ses nouveaux amis, Pénélope avait choisi son camp.

En attendant, faisant contre mauvaise fortune bon cœur, on s'efforçait de ne pas voir la caravane. Mais il n'y avait pas que la caravane. Il y avait Gabriel.

Cela commença par la visite de la “roulotte”, comme disaient les enfants.

Impossible d'y couper. Gabriel avait de la suite dans les idées. Dès le lendemain de son arrivée, toute résistance s'avéra impossible. Il fallut admirer poliment la largeur du lit, le confort du coin-salon. On s'extasia imprudemment devant l'équipement de la kitchenette. Gabriel en profita pour sortir immédiatement deux bouteilles du mini-réfrigérateur. Il disposa des verres :

— Du “doux” pour les dames. Et de la gnole pour les braves ! Allez, cul sec ! fit-il en levant son verre.

Ce n'était qu'un début. Le début d'une sympathie foudroyante de Gabriel pour ses nouveaux voisins. Pour Vincent :

— Pour quelqu'un qui passe à la télé, on peut dire que vous n'êtes pas fier !

À Jean-Luc, il assurait qu'il savait juger les gens, en un clin d'œil :

— Vous en avez dans le ciboulot, vous ; ça se voit tout de suite…

Quant à Anne-Marie, sa préférée, il lui réservait le “petit bonjour sur le croupion” qu'elle n'arrivait pas toujours à éviter. Il avait aussi ses idées, bien arrêtées, dont il fit profiter Margot :

— Journaliste ? Ce n'est pas un métier de femme. Dans la mode ? Qu'est-ce que c'est que ça ? Quand on a des enfants, on reste chez soi. Les femmes au foyer, il n'y a que ça de vrai ! Mais, allez, je vous aime bien quand même ! D'ailleurs, moi, j'aime les femmes, toutes les femmes.

Seule échappait à cette bienveillance universelle, sa nièce, Pénélope :

— Ce n'est pas ma nièce ; c'est seulement la fille de mon défunt neveu.

— Donc, c'est votre petite-nièce.

— Si on veut. Et c'est une garce !

Deux jours après son arrivée, alors que, en attendant l'heure du dîner, Vincent prenait le frais sur la terrasse, Gabriel s'invita :

— Je ne vous dérange pas ? Un verre ? C'est pas de refus. C'est vrai qu'il a fait chaud aujourd'hui…

On entendait ronfler un moteur dans le jardin de la petite maison.

— C'est Pénélope, dit Gabriel. Avec le motoculteur de Admer… Elle fait semblant de labourer…

— Semblant ? dit Vincent, pourquoi semblant ?

— Elle creuse, elle cherche…

Vincent posa son verre, regarda Gabriel.

— Que cherche-t-elle ?

Gabriel riait en silence, énigmatique et goguenard.

— Allez savoir… Elle cherche. Mais elle peut toujours chercher. Elle ne trouvera pas…

XI

Il fallut se rendre à l'évidence, on vivait désormais à l'heure de la famille Martin. Pénélope était devenue indispensable. Sans Admer, le jardin serait resté tel quel, un véritable piège, avec ses trous et ses bosses dispersés n'importe où, n'importe comment. Et sans Pénélope, Admer ne serait pas réapparu malgré ses promesses et un tarif horaire exorbitant :

— Oui, mais l'argent, il s'en moque. Avec lui, le problème, ce sont les filles. Une nouvelle tous les trois mois. Et, à chaque fois, amoureux fou. En ce moment, c'est une serveuse d'un bar de Lorient, une Brésilienne. Il en est dingue. Mais ne vous inquiétez pas, je vais me pendre à son téléphone, je vais le faire venir, moi…

C'était Pénélope, aussi, qui avait procuré, en urgence, une aide ménagère improvisée. Les parents d'une de ses amies accueillaient tous les étés des étudiantes venues perfectionner leur français :

— En ce moment, c'est une Irlandaise qui cherche des petits boulots. Je la fais venir ? On fera un essai, vous verrez bien.

Cependant, malgré tous les efforts de Pénélope, de

sa collègue de bureau, de la sœur de sa collègue, celle "qui travaillait dans une agence de voyages", on ne parvenait pas à localiser Basile et sa femme.

— On y arrivera, c'est une question de jours, avait-on répondu à Jean-Luc.

En attendant, il fallait bien s'accommoder de Gabriel. Il avait pris les "Parisiens", en amitié. L'ennui, c'était que Gabriel avait l'amitié totale, exclusive, envahissante.

Contrairement aux mises en garde de Pénélope, il se montrait d'humeur facile, ne voulait pas déranger, disait-il. Dès le premier jour, il avait tenu à rassurer son monde :

— À quelle heure le petit-déjeuner ? Surtout, ne changez rien pour moi, hein... Je ne me lève pas tôt, moi non plus.

— Thé ou café ? avait soupiré Margot.

— Pour moi, c'est café au lait avec des crêpes.

— Des crêpes au petit-déjeuner ?

— Oui, avec du beurre.

— Du beurre salé, je suppose ?

Gabriel avait haussé les épaules.

— Du beurre pas salé, est-ce que c'est du beurre, ça ?

Deux ou trois fois, on l'avait trouvé, les bras en croix, les yeux fermés, face au soleil, "faisant l'archange". Mais, le chauffeur avait dit vrai, cela ne durait pas. Et il savait s'y prendre avec les enfants. Annick et Nicolas l'adoraient. Au petit-déjeuner, ils avaient commencé par observer Gabriel beurrer longuement ses crêpes, les rouler en cornet, les tremper dans son bol avant de s'abandonner aux délices de la dégustation. Ils n'avaient pas tardé à faire de même, bravant les regards courroucés qu'on leur lançait à travers la table.

Quand, ensuite, ils partaient pour la plage, Gabriel, paternellement, les mettait en garde :

— Attention ! l'air est iodé ici ; on ne s'en rend pas compte à cause de la brise, mais le soleil tape fort.

Un jour qu'ils rentraient de la plage, Anne-Marie passa dire un petit bonjour au "capitaine". Dans sa caravane, Gabriel entamait son repas.

— C'est une fournaise ! dit Anne-Marie en sortant. On ne peut pas le laisser déjeuner là-dedans ; à son âge, il va avoir un malaise.

On prit donc l'habitude de faire de la place pour son plateau-repas sur la table de la terrasse.

— D'accord pour le déjeuner, dit Vincent, mais le soir, je veux qu'on reste entre nous, libres de dîner à l'heure que nous voulons et au restaurant, si ça nous chante. Le dîner, vous m'entendez bien tous, il le prend chez lui !

Facile à dire... Lorsque, après une matinée de plage, ils partaient en excursion, généralement vers cinq heures, quand la chaleur tombait, Gabriel, sortant de sa sieste, casquette de marine sur la tête, sémillant, rasé de frais, apparaissait sur le seuil de la caravane !

— Ne rentrez pas trop tard !

Peu à peu, il s'enhardit :

— Je vous attendrai pour dîner ! cria-t-il au bout de quelques jours.

Jean-Luc vit venir le danger.

— Non, protesta-t-il, n'en faites rien, Capitaine, nous rentrerons tard.

Il en fallait plus pour décourager Gabriel.

— Ça ne fait rien, fit-il avec un bon sourire, je vous attendrai. Je ne vais quand même pas vous laisser dîner tout seuls !

Désormais, chaque soir, lorsqu'il mettait la table, Jean-Luc, toute résistance vaincue, ajoutait un couvert.

Les choses faillirent se gâter le jour où on entreprit de faire asseoir à la même table l'oncle et la nièce. La journée avait été très réussie.

Comme chaque soir, Anne-Marie emmena Annick et Nicolas souhaiter « Bonne nuit » à Théodore.

— Tu viens aussi, Pénélope ? demanda Nicolas.

— Bien entendu, dit Anne-Marie, elle dîne avec nous.

Pénélope fit mine de se faire prier :

— Mais Gabriel... il sera là ?

— Vous le savez bien. Impossible de s'en débarrasser.

— Je me demande comment vous faites pour le supporter, fit Pénélope. Moi, il me fait honte. Pas plus tard qu'hier, on m'a dit qu'à la maison de retraite, il coinçait les aides soignantes dans les couloirs pour leur peloter les fesses. Quand je pense que c'est mon oncle ! Enfin, vous êtes tous tellement gentils avec moi... pour vous, je ferai un effort.

Avec Gabriel, ce fut plus difficile :

— Pénélope ? Cette dévergondée ! Vous savez à quoi elle passe ses soirées ? À essayer de se trouver des amoureux, sur Internet, paraît-il. Elle n'en parle pas ; mais ça finit par se savoir, ces choses-là... Moi, je vous le dis, quand une femme en est réduite à courir après les hommes, et sur des machines encore, c'est mauvais signe ! Enfin, pour ce soir, je serai des vôtres, mais c'est bien pour vous faire plaisir.

Anne-Marie revint, inquiète et amusée.

— Quelle famille !

— Nous sommes tombés chez les Atrides, dit Vincent en riant.

Ils ne plaisantaient qu'à moitié. Pendant tout le repas, Gabriel et Pénélope, que Jean-Luc avait eu soin de placer, aussi loin que possible l'un de l'autre, chacun à un bout de la longue table, mirent un point d'honneur à ne pas s'adresser la parole ni même à se regarder.

La conversation roulait tant bien que mal, sur des sujets sans risque : le beau temps qui promettait de durer, la beauté de la côte, le pittoresque du hameau de Saint-Cado.

— Et aussi, ajouta Margot, désireuse d'être aimable, l'agrément de la maison... je veux dire des deux maisons, se reprit-elle. Autrefois, d'après ce que vous m'avez dit, elles étaient d'un seul tenant, cela devait faire une belle propriété…

Le silence qui s'instaura à chaque bout de table lui signifia qu'elle s'était aventurée sur un terrain dangereux. Elle essaya de se rattraper :

— D'après ce que vous m'avez dit, c'est une ancienne maison, qui est dans la famille depuis plus de deux cents ans, n'est-ce pas ?

Un ange passa. L'oncle et la nièce échangèrent un regard. Cela ne dura qu'un instant : pendant une fraction de seconde, Gabriel et Pénélope ne furent plus des adversaires qui feignaient de s'ignorer mais deux complices gardant jalousement les secrets de leur clan.

XII

Dans la maison endormie, un hurlement strident déchira le silence. Des lumières s'allumèrent. Il y eut des piétinements maladroits de dormeurs réveillés dans leur premier sommeil. Sur le palier, des portes s'ouvrirent. Margot apparut, suivie de Vincent, en tenue d'Adam, tandis que Jean-Luc et Anne-Marie sortaient en même temps.

— Vous avez entendu ?

— Oui, qu'est-ce que c'est ?

Des cris retentirent :

— Maman ! Maman.

— C'est la voix d'Annick, dit Margot en se jetant dans l'escalier.

À mi-palier, dans deux pièces minuscules, on avait improvisé des chambres pour chacun des enfants. Dans la première, Annick, debout sur son lit, le visage grimaçant de terreur, pleurait et criait :

— Maman, je l'ai vu, je l'ai vu !

— Qu'est-ce que tu as vu ?

— Le fantôme ! C'est un fantôme ! J'ai peur, je veux m'en aller !

On mit de longues minutes à la calmer, à la questionner, à essayer de comprendre. Lovée contre sa mère, Annick, entre deux sanglots, répétait qu'elle avait vu un homme entrer dans sa chambre.

— Un homme comment ?

— Un homme tout blanc…

— Tu veux dire qu'il était habillé en blanc ?

— Oui, avec un grand manteau blanc. C'est un fantôme !

Margot et Anne-Marie se regardèrent avec un rien de soulagement : le fantôme ressemblait fort au chevalier, tout de blanc vêtu, dont on lui avait raconté l'histoire deux jours auparavant.

— Tu as rêvé, dit Margot, un vilain rêve.

Annick, indignée qu'on ne la crût pas, se mit à pleurer de plus belle, répétant que ce n'était pas le chevalier, que c'était un fantôme…

— Et même, il portait quelque chose dans ses mains…

— Tu as vu ce que c'était ?

— Oui, quand il est parti, j'ai vu… C'était une poupée.

— Comment était-elle, cette poupée ?

— Grande, avec des cheveux jaunes et des yeux qui brillaient.

Vincent était monté passer un pyjama. Jean-Luc et lui explorèrent toutes les pièces sans rien découvrir de suspect. Portes et volets étaient tels qu'on les avait laissés la veille au soir, soigneusement fermés.

Ils poussèrent leurs investigations dans le jardin et jusqu'auprès de la caravane où résonnaient les ronflements de Gabriel. Quand ils remontèrent, Annick dormait contre l'épaule de sa mère.

— Elle va finir la nuit dans notre lit, dit Margot.

À pas de loup, pour ne pas réveiller Nicolas qui, dans la pièce voisine, dormait du sommeil de l'innocence, Vincent et Jean-Luc transportèrent Annick dans la chambre de ses parents. Les portes se refermèrent. Les lumières s'éteignirent…

*

Le lendemain, Jean-Luc revint de sa visite de contrôle tout guilleret :

— Mon entorse évolue bien ; les tendons se remettent en place. Le médecin dit que je peux me passer de canne, sans forcer naturellement. Il est sympathique ce médecin. Nous avons bavardé. Il m'a demandé si nous nous plaisions ici.

— Et qu'as-tu répondu ?

— Que, pour des vacances, c'était parfait : de l'espace, un grand jardin, la proximité des plages. Et, comme ça, au fil de la conversation, j'ai ajouté que, pour une bâtisse datant de plus de deux siècles, la maison manquait de cachet, ce qui l'a fait rire. D'après lui, la maison a été construite dans les années 1930.

— Ce qui explique cette façade plutôt ingrate, commenta Anne-Marie.

— Et, de plus, elle n'aurait été achetée par la famille Martin qu'après la guerre, vers 1945-1946.

— Il en est sûr ?

— Tout à fait. Son grand-père, puis son père étaient notaires dans le coin. Autant dire qu'il connaît tout de tout le monde ici. Il se rappelle même avoir entendu son père dire qu'à l'étude, on n'avait jamais fait une vente aussi difficile. Une affaire embrouillée, on ne savait pas exactement qui étaient les vendeurs.

— Pourquoi Pénélope nous aurait-elle inventé cette histoire de maison dans la famille depuis deux cents ans ?

Margot avait son idée :

— Parce que ça fait plus chic.

— Je ne crois pas, dit Anne-Marie. Rappelez-vous, avant-hier soir, à la fin du dîner, ce coup d'œil qu'elle a échangé avec Gabriel.

Vincent intervint :

— Anne-Marie a raison. Ils nous cachent quelque chose, au sujet de la maison. Qu'est-ce que ça peut bien être ?

La question ne trouva aucun écho. On avait un autre sujet de préoccupation : malgré des coups de téléphone quasi quotidiens et deux visites à l'agence de voyages, Basile Martin et sa femme restaient injoignables. De fait, les Martin, lorsqu'ils avaient projeté un voyage en Chine, avaient, aux dires de l'agence de Lorient, rejeté les propositions qu'on leur avait faites, propositions qui leur avaient paru banales. Ce qu'ils avaient en ligne de mire, c'était une croisière bien plus excitante : à partir de Shangaï, remonter le fleuve Yang-Tsé jusqu'aux gorges du Yun-Nan, avec des arrêts en cour de route pour visiter les minorités. Devant la difficulté d'organiser un tel périple, on les avait aiguillés vers une agence parisienne qui travaillait avec un tour-operator spécialisé dans ce genre de voyage. Aux dernières nouvelles, l'agence avait bien été contactée par le couple Martin mais ignorait tout de la suite donnée à leur projet.

— Nous poursuivons les recherches, avait-on promis à Jean-Luc.

Pendant ce temps, Gabriel prenait ses aises. Au pied de la caravane, il s'était fait installer une chaise de jardin et un parasol. De là, il surveillait toutes les allées et venues des “Parisiens”, donnait son avis sur les tenues de Margot et d'Anne-Marie, mettait son grain de sel dans les conversations.

— Il y a longtemps que je n'ai pas eu de la compagnie comme ça, disait-il. Tiens, je vais vous dire, rien que de vous voir, ça me rajeunit !

XIII

Pour remettre la pelouse en état, il devint évident qu'on ne pouvait pas compter sur Admer :

— Impossible malgré toute ma bonne volonté !

Son entreprise de jardinage ne savait plus où donner de la tête.

— Et lui non plus, commenta Pénélope, il ne sait plus où donner de la tête : tous les soirs pendu aux jupes de sa Brésilienne.

Admer avait proposé un remplaçant :

— C'est un copain, c'est comme si c'était moi. Vous pouvez me faire confiance.

— Question, dit encore Pénélope, perfide, peut-on faire confiance à Admer ?

Le remplaçant débarqua un matin, à l'heure du petit-déjeuner, accompagné d'un acolyte qu'il présenta avec un grand sourire :

— C'est Dédé, un pote à moi. Il est au chômage... mais, vous verrez, il a la main verte.

On avait programmé une grande journée de plage. Jean-Luc et Vincent commencèrent à desservir. Les enfants n'en finissaient pas, ils en étaient à leur troisième crêpe.

— Mais vous, Capitaine, dit Jean-Luc, terminez tranquillement, vous avez tout votre temps.

Gabriel, béat, la casquette en arrière, sirotait son café au lait, à petites gorgées. Le dénommé Dédé, une bêche à la main, passa près de lui :

— Alors, dit-il gentiment, il a bon appétit le pépé ?

Vincent n'eut pas le temps d'intervenir. Gabriel, cramoisi, venait de balancer son bol à la tête de l'insolent qui esquiva de justesse. Il se leva, fonça en brandissant sa canne :

— Qui est-ce qui m'a fichu un blanc-bec pareil ! Tu sais ce qu'il te dit le pépé ? Il t'emmerde le pépé !

Le copain de Admer battit immédiatement en retraite, aussitôt suivi par Dédé. Quand ils eurent franchi le portail, il lança par-dessus la haie :

— Quand on vient chez les dingues, faut prévenir !

*

Heureusement, le temps continuait d'être au beau fixe.

La journée avait été superbe, ensoleillée ; presque trop. Avant de penser au dîner, on savourait un peu de fraîcheur. Anne-Marie venait d'arroser ce que l'on s'obstinait à appeler la pelouse et elle terminait par les rosiers. Vincent s'activait à la cuisine.

Assise au bord de la terrasse, Margot lisait.

— Il est bien ton polar ? demanda Anne-Marie.

— J'ai un peu de mal à suivre, mais je m'accroche.

Margot, pour ne pas perdre son espagnol, s'obligeait à lire Perez-Reverte en version originale. De temps à autre, elle quittait son livre pour suivre du regard des vols d'oiseaux dans le ciel qui pâlissait à peine. Les enfants jouaient, tout près, en se chamaillant en sourdine. Au bout d'un moment, la dispute monta d'un cran. Sentant qu'ils étaient près d'en venir aux mains, Margot posa son livre :

— Que se passe-t-il ?

— Il ne veut pas me la prêter...

— Te prêter quoi ?

Nicolas se sauva en courant vers le bout du jardin, serrant contre lui une toupie bariolée. Margot le suivit, lui prit le jouet :

— Qu'est-ce que c'est que cette toupie ? Où l'as-tu prise ?

— Dans ma chambre, cria Annick, et pourtant il ne veut pas me la prêter.

Nicolas, comme d'habitude, défendait son bien :

— C'est moi qui l'ai trouvée, elle est à moi !

Margot attrapa Nicolas.

— Viens me montrer où tu l'as trouvée, cette toupie.

C'était simple. Nicolas, toujours prêt à sortir de son sac à malices un bon tour à jouer à sa sœur, avait, en catimini, exploré la chambre d'Annick et il avait déniché ce que personne, jusque-là, n'avait remarqué : un placard dont la porte se dissimulait sous une tapisserie défraîchie, la même que celle qui recouvrait les murs.

Pour des enfants, c'était une sorte de caverne d'Ali Baba. Quand elle ouvrit la porte du placard, Margot fit tomber un fatras de vieux jouets, des animaux en peluche tout râpés, une petite brouette déglinguée, des quilles, un cerceau... Soudain, elle s'arrêta, interdite : tout en haut, sur la dernière étagère, assise dans une robe à volants roses, trônait une poupée aux boucles blondes, aux membres articulés, comme cela se faisait autrefois.

À son tour, Annick entra dans la chambre. Aussitôt, elle se mit à hurler :

— Maman ! C'est elle, c'est la poupée du fantôme !

Une cavalcade dans l'escalier : Vincent, Jean-Luc et Anne-Marie accourus, s'arrêtèrent au seuil de la pièce. Personne ne parlait. Regards braqués sur la poupée, énigmatique, inquiétante, qui les fixait de ses yeux de porcelaine.

XIV

— Vous avez de la chance, dit Marion. Une période de beau temps, comme cela, pas un nuage ; même en juillet, moi qui suis d'ici, j'ai rarement vu ça.

Marion – encore une recrue de Pénélope – remplaçait l'Irlandaise qui s'était défilée au bout de deux jours. Marion était étudiante à Rennes, en histoire de l'art, elle préparait une thèse sur les villas palladiennes. Elle était charmante, drôle, intelligente. Très gentille. Pas vraiment experte dans la façon de manier aspirateur et balai mais elle faisait de son mieux. Et toujours de bonne humeur, même ce matin où, après avoir malmené les tasses du petit-déjeuner, elle avait laissé tomber une pile d'assiettes :

— C'est grave ? Je ne crois pas, hein ? Ce n'étaient pas des trucs précieux ?

— Mais non, dit Vincent avec une belle indifférence. On trouve les mêmes au bazar du coin.

Jean-Luc renchérit, satisfait de couper à la corvée de vaisselle :

— Et puis, c'est tellement gentil à vous de nous donner un coup de main. Cela nous permet de prendre de vraies vacances. Nous en avions tous besoin.

Les journées, radieuses, se succédaient dans une apparente insouciance. Le matin, selon un rituel que personne ne discutait, on allait honorer les dieux de la mer et du soleil. Plage pour tout le monde. Tout le monde à l'eau, même Vincent qui, parfois, faisait des histoires : il prétendait qu'il cherchait le Gulf Stream et qu'il ne le trouvait pas...

— L'année prochaine, disait-il, on retourne sur la Méditerranée.

On le menaçait de le pousser à l'eau :

— Vas-y ! Courage ! C'est vrai que c'est un peu frisquet mais tellement vivifiant !

Nicolas apprenait la brasse avec Jean-Luc. Annick était fière de nager "toute seule", sur une jambe. On bronzait. On jouait au volley. Tout le monde trichait, sauf les enfants.

L'après-midi, on variait les plaisirs. Margot tenait aux loisirs culturels.

— Les enfants, prétendait-elle, ne sont pas loin de penser qu'on pêche le thon dans des boîtes de conserve.

On programma donc une visite – passionnante pour tout le monde – au Musée des thoniers. Et, toujours à Étel, il ne fallait pas non plus manquer d'aller voir de près la fameuse barre.

— Je ne vois pas la barre ! s'exclame Annick déçue.

Ce jour-là, la mer était si calme que c'était à peine si on distinguait au loin, à l'horizontale, un léger remous limoneux.

— Moi non plus, je la vois pas, elle est en bois ou en fer ?

Jean-Luc eut quelque difficulté à expliquer qu'il s'agissait d'un banc de sable sous-marin, d'autant plus redoutable qu'il se déplaçait au gré des courants :

— On ne le voit à découvert qu'à marée basse. C'est très dangereux. C'est pourquoi les bateaux doivent obéir aux consignes données par le sémaphore du mât Fenoux.

— C'est quoi un sémaphore ?

Pour Port-Louis, ce fut plus difficile. La visite à pied du "cœur de la cité", les vieilles demeures qui racontent trois siècles d'histoire, cela ne passionne que les grandes personnes. Heureusement, il y avait la plage plein sud. Et puis, on était mardi, jour du marché nocturne de Port-Louis. Les restaurants étaient bondés. Ce soir-là, on s'attarda pour trouver une table. Quand on regagna la maison, il était tard. Les enfants étaient recrus de fatigue, ravis.

Oublié, le cauchemar d'Annick.

— Et, si ce n'était pas un cauchemar ? avait dit Anne-Marie.

Personne n'avait répondu. Personne non plus ne parla de la poupée. Tout le monde y pensait. Le dîner en commun, c'était un moment privilégié. On faisait la cuisine, on servait, on bavardait, on plaisantait, on picorait ou on mangeait, tout cela dans le plus grand désordre. À peine avait-on commencé à desservir que Gabriel – c'était un couche-tôt – regagnait sa roulotte.

La cérémonie du bonsoir à Théodore ? Pas question d'y couper. Généralement, c'était Anne-Marie qui s'y collait. Un baiser de la main à Pénélope et on rentrait. Vincent s'occupait du coucher des enfants. Il était le seul à obtenir qu'ils se brossent convenablement les dents.

Ensuite, chacun terminait la soirée à sa guise. Anne-Marie montait la première ; pendant une bonne heure elle allait se livrer à sa passion des mots croisés. Profitant du moment où il était seul dans la chambre, Vincent branchait en sourdine la mini-télévision qu'il emportait partout. Margot et Jean-Luc étaient de grands lecteurs quoique dans des domaines différents. L'un plongé dans une BD ou un récit de voyage, l'autre dans un roman, ils s'attardaient sur la terrasse où le coucher de soleil s'étirait avant de disparaître derrière les arbres, au fond du jardin. C'est Jean-Luc qui le premier, ferma son livre.

— Bonne nuit, Margot. À demain.

— À demain, répondit Margot.

Elle allait continuer à lire.

Alentour, tout était sérénité. La pénombre envahissait le jardin. On percevait le sifflement très doux du crapaud qui nichait près de la porte de la cuisine. Margot écoutait les bruissements de la nuit. Une autre vie commençait. Pourquoi était-ce, chaque soir, à ce moment, que montait en elle cette sourde inquiétude dont elle n'arrivait pas à se défaire, dont elle ne parlait à personne ?

Margot se leva, alluma. Elle allait s'obliger à lire.

Mais à présent qu'elle était cernée par le halo de la lampe, l'ombre se faisait plus inquiétante. Elle fixait la page du livre mais les mots dansaient devant ses yeux. Elle ne lisait pas, elle scrutait l'obscurité.

Margot ferma son livre, se leva, posa la lampe sur la table de la salle à manger. Puis elle entra et vérifia par trois fois qu'elle avait bien verrouillé le volet de la porte-fenêtre.

XV

— Tu dors ? chuchota Margot.

— Pas encore. Et toi non plus ? Qu'est-ce que tu as ?

— Rien. Je n'arrive pas à dormir, c'est tout.

— Fais comme moi. Compte des moutons.

— Oui.

Immobile, Vincent s'efforçait de contrôler sa respiration pour faire croire qu'il s'endormait. Il savait que Margot ne comptait pas des moutons. Il savait qu'elle aussi avait entendu.

Ce n'était presque rien. Un grincement de porte ? Même pas. À peine un frôlement sur le carrelage. Cela venait du rez-de-chaussée. Là où le sol était un peu irrégulier, entre la cuisine et le couloir qui donnait sur l'affreuse salle à manger. La porte frottait toujours à cet endroit-là quand on l'ouvrait... Il essayait de se raisonner : la nuit, n'importe quel bruit, même le plus léger, prend de l'importance. D'ailleurs, ce bruit, l'avait-il vraiment entendu ? Allongé dans l'obscurité, Vincent tardait à retrouver le sommeil. Malgré lui, il tendait l'oreille : rien dans la maison, pas même un craquement… Au dehors, les bruits habituels, rassurants ; un chien aboyait dans le lointain, un autre lui répondait. Dans le jardin, tout près, un hululement d'oiseau nocturne : des chouettes, on les voyait parfois, le soir, perchées sur les saules, près de la haie. Vincent tendit l'oreille. Rien que le silence. Mais un silence absolu, pesant, inquiétant.

Soudain, il sursauta. Cette fois, il n'avait pas rêvé. De nouveau, un raclement sur le sol, léger, prolongé, comme si on avait ouvert la porte très lentement.

— Tu as entendu ? fit Margot.

— Oui. Ne bouge pas. J'allume la veilleuse. Ma lampe de poche est sur la table. Je descends.

— Ne descend pas tout seul. Il y a quelqu'un en bas, j'en suis sûre. Va réveiller Jean-Luc !

Margot chuchotait si fort qu'on aurait dit qu'elle criait. Vincent enfila son pyjama, ses mules. Et en tâtonnant pour trouver sa lampe de poche, fit tomber la pendulette. La sonnerie se déclencha, une sonnerie à réveiller un mort.

Jean-Luc était déjà sur le palier.

— Que se passe-t-il ?

— Vous n'avez rien entendu ?

— Non.

— Un bruit de porte, dit Vincent, en bas. Margot a entendu comme moi.

Et les voilà partis tous les deux à explorer le rez-de-chaussée, le salon, la salle à manger. Sans rien trouver d'insolite.

— Comme l'autre nuit, dit Jean-Luc en réprimant un bâillement.

La porte qui donnait sur le couloir, celle qui raclait sur le sol, était bien fermée, telle qu'on la laissait d'ordinaire, tous les soirs. On passa à la cuisine. Jean-Luc manœuvra la poignée de la porte qui donnait directement sur le jardin. La porte s'ouvrit.

— Pourtant, dit Jean-Luc, je suis presque certain de l'avoir fermée à clef, comme d'habitude...

— Presque certain ou certain ?

— Tu sais bien, ces choses-là, on les fait machinalement... Je ne sais plus. Maintenant, tu es témoin, je ferme à clé.

Jean-Luc mit la clé dans sa poche. Et ils remontèrent tous les deux.

Vincent se glissa dans le lit.

— Tout était normal. Il n'y avait personne.

— Comme l'autre nuit, fit Margot.

— Tu sais, l'autre nuit...

— Oui ?

— Je crois que, tout simplement, Annick a fait un cauchemar, comme en font tous les enfants. Un cauchemar, c'est tout. Il ne faut pas t'inquiéter.

— Je ne m'inquiète pas.

Vincent lui prit la main.

— Nous allons dormir maintenant. À demain, chérie.

*

Margot se versa une seconde tasse de thé. Ce petit-déjeuner tardif, solitaire, avait quelque chose d'insolite, de reposant aussi. Et, dans la lumière éclatante de ce matin d'été, les fantasmes de la nuit se dissipaient comme des effilochures de brume sous le soleil.

Ces bruits inquiétants, cette présence indéfinissable, toutes ces angoisses, comme cela semblait irréel quand on entendait pétarader les motos, à fond la caisse, sur les cahots du chemin, quand on apercevait, dans l'ombre du gros hortensia, le chat de Pénélope faisant sa toilette à coups de patte légers, d'une fascinante précision.

Elle repoussa la corbeille qui fleurait bon le pain grillé de frais. Elle n'avait pas faim.

Un bruit de moteur se rapprocha et stoppa devant le portail.

— C'est peut-être Marion… pensa Margot.

C'était Marion. En jeans-serre-fesses et queue-de-cheval nouée très haut. Tout sourire comme d'habitude.

— Je suis en avance ; ça ne vous dérange pas ?

— Pas du tout.

— J'ai rendez-vous à Vannes, avec des copains de fac. On va faire une balade, en bateau sur le golfe. Et on termine par une virée à Carnac, en boîte. Mais je vous laisse déjeuner. Je monte faire les lits en attendant que vous ayez fini.

— J'ai fini ; j'ai bu assez de thé comme cela.

— Alors je vais desservir.

— Et moi, je vais vous aider.

— Ah, non, protesta Marion, c'est mon boulot !

— Voyons, Marion, dit Margot, nous ne sommes pas là pour faire un jeu de rôles. Vous en train de travailler et moi de vous regarder. Ce n'est pas mon genre.

Marion entreprit d'empiler les tasses en une colonne d'un équilibre incertain. Margot la lui retira des mains, juste à temps.

— Attendez, je vais chercher la table roulante ; ce sera plus pratique.

— Eh bien, dit Marion, en prenant la corbeille de pain, vous n'avez pas mangé grand-chose. Vous n'allez pas à la plage ?

— Pas ce matin.

— Malade ?

— Non ; mais j'ai passé une mauvaise nuit.

— Cela arrive, fit Marion. Parfois, il suffit d'un rien pour qu'on digère mal.

— Oh, ce n'est pas cela du tout ; c'est…

Margot hésitait à poursuivre. Se confier à quelqu'un qu'elle connaissait depuis à peine quelques jours ? C'était risqué.

Et comment expliquer l'inexplicable, cette impression bizarre qu'elle avait éprouvée immédiatement, dès qu'elle avait mis les pieds dans cette maison ? Une sorte de malaise qui, peu à peu, s'était transformé en un sentiment d'autant plus oppressant qu'elle n'osait en parler à personne, pas même à Vincent. Marion pouvait la prendre pour une névrosée... Tant pis...

Elle sauta le pas :

— Vous allez vous moquer de moi, Marion, mais... je me sens mal à l'aise dans cette maison...

Marion s'arrêta net de ranger les pots de confiture dans le placard. Elle se retourna.

— Pourquoi ?

— Je ne sais pas. C'est comme si j'avais peur... Pour dire la vérité, j'ai peur.

— Peur de quoi ?

— Je ne sais pas.

Bien loin de se moquer, Marion écoutait avec attention, sérieuse, pensive.

— Je vous comprends. Je suis de l'avis de ma grand-mère. Le jardin, ça va, mais, à l'intérieur, elle est sinistre, cette maison.

— Votre grand-mère connaît la maison ?

— Très bien. Vous savez ce qu'elle a dit, quand elle a su que je venais travailler chez vous ?

— Qu'est-ce qu'elle a dit ?

Ce fut au tour de Marion d'hésiter :

— Quelle maladroite je fais ! Elle m'avait bien recommandé de ne pas vous en parler.

Margot s'était rapprochée. Elle attrapa le poignet de Marion.

— Que vous a-t-elle dit ? demanda-t-elle âprement. Je veux savoir.

— Elle m'a dit que les maisons ont une mémoire ; et que celle-ci garderait toujours les traces de ce qui s'était passé.

— Que s'est-il passé ? Vous le savez ?

— Non. Des choses tellement tristes qu'elle aime mieux – c'est ce qu'elle m'a dit – ne pas en parler.

XVI

— Pénélope a raison. C'est un insupportable vieux gaga ! s'exclama Jean-Luc.

Anne-Marie abandonna sa grille de mots croisés.

— J'entendais les éclats de voix, mais j'ai préféré ne pas intervenir.

— Tu as bien fait. Ça n'aurait servi qu'à l'exciter un peu plus.

Une voiture, celle de Vincent, franchissait le portail resté ouvert. Vincent, Margot et les enfants en descendirent.

— Nous venons de croiser la camionnette de la maison de retraite. J'ai reconnu le chauffeur ; il faisait une drôle de tête… Il s'est passé quelque chose ? demanda Margot.

— Il s'est passé, dit Jean-Luc, qu'on a frôlé l'incident ; et quand je dis frôlé…

— Raconte.

La maison de retraite avait envoyé une voiture apporter à Gabriel des draps et du linge propres.

— Et la voiture devait remporter le linge ayant servi, qu'on lui aurait rendu lavé-repassé, la semaine prochaine. C'est contractuel, paraît-il.

— Et alors ?

— Alors, au moment où l'employé se préparait à sortir de la caravane avec le ballot de linge, Gabriel a surgi du fond du jardin où il faisait sa petite promenade. Et il s'est mis à vociférer : on voulait le dépouiller, lui prendre ses vêtements, il y avait des mois que cela durait, il allait porter plainte contre cette maison de retraite qui était un repaire de voleurs, jamais il n'y remettrait les pieds... Bref, il a piqué une de ces colères ! L'employé est parti sans demander son reste.

— Quand je pense qu'il y a une heure à peine, dit Anne-Marie, il me parlait du tournoi de bridge qu'on organise chaque année à la maison de retraite. D'après ses commentaires, il semble qu'il soit un bridgeur très passable, preuve qu'il n'est pas complètement gaga.

— Attention, le voilà.

Gabriel avait soigné son look. En vareuse de coton bleu marine assortie à sa casquette, il avait tout d'un vieux loup de mer.

— Un vieux loup de mer de bande dessinée, souffla Vincent. Eh bien, les enfants, vous dites bonjour ?

— Bonjour, Capitaine.

— Ils sont gentils, ces petits, dit Gabriel, tout attendri. Allez, venez me donner un bisou. Demain, je leur ai promis de les emmener visiter Saint-Cado, si vous êtes d'accord, bien entendu.

— Et de nous raconter l'histoire du chat, dit Nicolas. C'est vrai, Capitaine, tu nous raconteras l'histoire du chat de Saint-Cado ?

— En voilà des façons ! gronda Vincent ; qui vous a permis de tutoyer le capitaine ? Viens t'excuser !

— Mais laissez-les donc ! dit Gabriel qui s'était installé, sans façon, sur la terrasse. Ils parlent comme ils peuvent, ces enfants. Et puis on ne va pas faire de manières entre nous. Nous sommes en famille, pas vrai ?

Plus tard, dans la soirée, avant d'emmener Pénélope au restaurant, tout le monde était réuni dans son jardin "de devant" pour prendre un verre à l'abri des regards de Gabriel. Justement, on s'était bien promis d'éviter d'en parler, de Gabriel. Mais rien n'échappait à Pénélope.

— Je l'ai entendu crier. Il a encore piqué sa crise ?

— Il est comme tous les cyclothymiques, dit Jean-Luc flegmatique, imprévisible. Une heure auparavant, il tenait des propos très sensés à Anne-Marie. Et hier, aussi, quand il nous parlait de sa vie à Ismaïlia.

— Où cela ?

— À Ismaïlia, quand il était pilote sur le canal de Suez.

Pénélope ouvrit des yeux ronds avant d'éclater de rire.

— Sur le canal de Suez ! Rien que ça ! Pourquoi pas Panama pendant qu'on y est ! Et il vous a raconté qu'il avait été pilote, lui !

— C'est ce qu'il nous a dit…

Pénélope venait de passer du rire à la colère.

— On peut dire qu'il ne manque pas de souffle ! À part quelques mois peut-être, pendant son service militaire dans la Marine, et encore, car il s'est fait réformer en vitesse, il n'a jamais mis les pieds sur un bateau. Gabriel, c'est un bouseux, un cul-terreux qui a passé sa vie à soigner ses vaches quand il ne courait pas les filles !

XVII

Marion avait indiqué que sa grand-mère habitait un peu à l'écart du bourg de Belz. Margot gara sa voiture Place Édouard Gilliouard. Avant de s'engager dans la rue de Kerdonnerch, elle jeta un coup d'œil à l'horloge de la Mairie : dix-sept heures vingt. Elle était en avance. À deux reprises, Margot dut demander son chemin.

— Madame Alban ? Laquelle, la mère ou la grand-mère ?

— Madame Suzanne Alban.

— Alors, c'est la grand-mère.

La ruelle du cimetière se trouvait tout près, à droite de la rue principale. Elle donnait sur un lacis de venelles sans nom où Margot n'eut aucune peine à repérer la maison dont Marion lui avait dit qu'elle croulait sous les rosiers grimpants.

Elle s'attendait à trouver une vieille paysanne voûtée, tannée par les travaux des champs.

— Encore une idée reçue, songea Margot en voyant une charmante vieille dame, en survêtement d'intérieur, lui ouvrir la porte, l'entraîner dans un petit salon aux portes-fenêtres grandes ouvertes sur un jardin de curé.

— Asseyez-vous…

— Merci beaucoup d'avoir accepté de me recevoir, dit Margot.

Elle ne savait pas par où commencer. Elle se lança :

— Tout d'abord, je voudrais vous dire à quel point nous apprécions votre petite-fille. D'ailleurs, nous avons l'intention de l'inviter, cet hiver, quelques jours à Paris…

Madame Alban fit un geste.

— Nous n'allons pas tourner autour du pot. Marion m'a mise au courant. Vous êtes venue me demander des choses bien précises, n'est-ce pas ? Je vais tout vous raconter. Enfin, ce que je sais. Prendrez-vous quelque chose, un jus de fruit, un thé ?

— Merci, peut-être tout à l'heure.

Madame Alban s'assit à son tour, sur le bord d'un fauteuil.

— C'est une vieille histoire qui remonte à l'avant-guerre, exactement à 1938. Un couple d'étrangers est venu s'installer ici. Les gens du pays se sont posé des questions ; parce que, des étrangers, ici, c'était rare à l'époque. Peu à peu, on les a adoptés. L'homme, on ne le voyait pas beaucoup mais la femme et les enfants, deux petites filles, allaient acheter du lait, des œufs dans les fermes des environs. Ils avaient acheté la maison qui est devenue, beaucoup plus tard, la maison des Martin. Ils parlaient allemand. Les uns disaient qu'ils venaient de Dantzig, les autres de Gdansk. Nous ne savions pas que c'était la même chose. Tout cela, c'est ma mère qui me l'a raconté, parce que, en 1938, je n'avais que neuf ans.

Un miaulement se fit entendre derrière la porte. Suzanne Alban se leva :

— C'est Balkis, dit-elle. Excusez-moi.

Elle alla ouvrir. Une chatte tigrée se coula dans la pièce, vint renifler du côté de Margot et, finalement, sauta sur les genoux de sa maîtresse qui reprit son récit :

— À la maison, nous n'étions pas riches. Mais en 1939, quand la guerre a éclaté et que mon père a été mobilisé, c'est devenu très difficile. Ma mère a été obligée de trouver des “journées”, comme on disait, à droite et à gauche. C'est ainsi que, toutes les semaines, elle allait faire une journée de lessive chez les Allemands. Je vous fais un thé ?

— Volontiers, dit Margot. Je peux vous aider ?

— Non, madame Alban eut un sourire malicieux, deux tasses et une théière. Je peux encore y arriver seule…

Pendant un court instant, Margot ferma les yeux tout entière à l'écoute des bruits légers en provenance de la cuisine : un moment de trêve, si la suite, qu'elle entrevoyait, était juste. Suzanne Alban revint, avec le plateau qu'elle posa sur la table. Elle reprit sa place. La chatte aussi.

— À l'époque, reprit-elle, la lessive, c'était toute une affaire. Le matin, on lavait à la main, au battoir, au savon et à l'eau froide. Quand j'allais chercher ma mère pour le repas de midi, j'avais pitié d'elle en voyant ses pauvres doigts tout rouges, engourdis de froid. L'après-midi, elle faisait bouillir le linge dans une lessiveuse sous laquelle elle allumait un feu de bois. Après l'école, je revenais la chercher. Petit à petit, j'ai commencé à jouer avec les petites filles. Nous étions à peu près du même âge. Elles ne savaient que quelques mots de français, mais nous n'avions aucune peine à nous comprendre. Cela m'amusait quand leur maman nous disait, avec son drôle d'accent allemand, d'aller "chouer dans le chardin". Nous faisions des parties de quilles. J'étais maladroite, je le suis toujours. Je perdais et on riait de bon cœur. Servez-vous, sinon ça va refroidir. C'est du Darjeeling, vous aimez ?

— C'est mon préféré.

Elles burent toutes les deux, en silence.

Madame Alban posa sa tasse, se carra au fond de son fauteuil. Elle caressait la chatte. Son visage était devenu grave.

— Au début, quand la guerre a éclaté, les gens d'ici ont commencé à les regarder d'un mauvais œil. Mais on a vite compris pourquoi ils étaient là ; c'était qu'ils étaient juifs.

— Comment s'appelaient-ils ?

— On les appelait les Pollack. Je n'ai jamais su si c'était leur nom ou un surnom. Parce que certains disaient qu'ils étaient allemands, d'autres qu'ils étaient polonais. Et puis, très vite, il y a eu la débâcle, l'Occupation. Toute la côte grouillait de soldats allemands ; vous pensez, avec la base de Lorient...

Margot savait maintenant qu'elle avait eu raison de ne pas emmener les enfants.

— Ça s'est mal terminé, n'est-ce pas ? demanda-t-elle.

— Très mal. On est venu les arrêter un matin. La Gestapo, en civil. J'étais là, je jouais avec les petites. Les policiers ont maintenu la mère et les enfants pendant que deux autres giflaient le père, à toute volée, jusqu'à ce qu'il trébuche. Au moment où ils le traînaient pour le faire monter dans la voiture, une des fillettes s'est échappée, elle a couru vers son père. Un policier a visé. Elle est tombée, morte. La mère hurlait. On l'a embarquée dans une autre voiture avec sa fille. On n'a plus jamais rien su d'eux. Ni pendant la guerre, ni après.

Il y eut un silence. La grand-mère de Marion avait fermé les yeux sur ses souvenirs. Par la porte-fenêtre, Margot contemplait, comme dans un rêve, des touffes de pivoines épanouies, pâmées, sous les rayons de lumière dorée. Un couple d'oiseaux vint boire dans une écuelle posée sur le seuil. La chatte entrouvrit un œil et le referma, abandonnée à la tiédeur du moment. Margot se sentait incapable de bouger, anesthésiée. Où était la vraie vie ? Qu'est-ce qui était réel ? Ce qu'elle venait d'entendre ou le bonheur enclos dans le minuscule jardin, inondé de lumière ?

La grand-mère de Marion rouvrit les yeux.

— J'y pense souvent. Cette scène n'a jamais cessé de me hanter.

— Hanter ? dites-vous. On raconte que la maison est hantée…

— Qui vous a dit cela ? demanda Suzanne Alban.

— Des gens avec qui mon mari a bavardé au marché.

— Les gens racontent n'importe quoi !

Margot la regarda, surprise par la vivacité de la réplique.

Elle prit congé avec l'impression que Suzanne Alban n'avait peut-être pas tout dit.

XVIII

— J'ai grand besoin d'un pont, dit saint Cado au diable.

— Un pont ? Pour quoi faire ? demanda Annick.

— Pour que les pèlerins puissent traverser la rivière et arriver à la chapelle. Parce que, dans la chapelle, il y avait un lit en pierre. Et si un pèlerin était malade et qu'il s'allongeait sur ce lit, grâce à saint Cado, il était guéri.

— C'est quoi un pèlerin ?

— Alors le diable a réfléchi et… il a dit…

— Qu'est-ce qu'il a dit le diable, Capitaine ? Dis vite, qu'est-ce qu'il a dit ?

Nicolas et Annick étaient haletants. Mais Gabriel faisait durer le plaisir. Avec un talent de conteur qu'on ne lui avait jamais soupçonné, il avait l'art de tenir son auditoire en haleine.

— Il a dit à saint Cado : Puisque tu es incapable de construire le pont par toi-même, je vais t'aider. Le pont, je vais te le construire en une nuit…

— En une nuit ! Ce n'est pas possible ! s'écria Annick.

— Attention ! Attention ! Celui qui parle n'est pas n'importe qui. C'est le diable. Il peut tout, le diable.

— C'est vrai, dit Nicolas sentencieux, les diables, ils peuvent faire n'importe quoi ; tout le monde le sait.

— Vous pensez bien, reprit Gabriel, que saint Cado était tenté. Mais il se méfiait. Et il avait bien raison. Parce que le diable voulait être payé. Voilà, a-t-il dit à saint Cado, en récompense de ma peine, je veux que tu me donnes le premier pèlerin qui traversera le pont.

— Le premier pèlerin !

— Oui. Mais saint Cado a été plus malin que lui. Et le lendemain matin, une fois que le pont a été fini, tu sais ce qu'il fait, saint Cado ? Il lâche un chat qui, le premier, traverse le pont. Et qui est-ce qui a été bien attrapé ? C'est le diable !

— J'espère, dit Annick, qu'il n'a pas brûlé le chat ? Parce que c'est méchant un diable.

Les grandes personnes avaient écouté avec autant d'intérêt que les enfants.

Gabriel rassura tout son monde :

— Le chat s'est sauvé et le diable n'a jamais pu le rattraper. Un chat, ça court beaucoup plus vite qu'un diable.

La journée s'achevait en beauté. Tous, assis auprès de la fontaine dédiée au saint, contemplaient, en contrebas, les eaux bleutées de la rivière. À la suite de Gabriel, ils venaient de visiter la petite île de Saint-Cado qui prolonge le bourg de Belz. Tout au long de la visite, Gabriel s'était montré un guide parfait. Érudit lorsqu'il évoquait le passé de l'île, autrefois grand port sardinier sur la ria d'Étel. Discret, sachant se taire lorsqu'il leur montrait les fontaines, les trésors de la petite chapelle romane, le calvaire de la place entourée de maisons blanches aux volets bleus. Sur le chemin du retour, tandis qu'à la suite de Gabriel, ils descendaient une venelle bordée de maisons de carte postale, de jardins croulant sous les fleurs, Margot resta en arrêt devant une chaumière blottie dans un fouillis de buissons d'hortensias roses. « Ici », pensa-t-elle, « nous aurions passé des vacances paisibles. »

Une heure plus tard, de retour à la maison, pendant qu'Anne-Marie se prélassait dans son bain, que les enfants jouaient au croquet, que Jean-Luc et Vincent s'activaient à la cuisine, elle se glissa dans la chambre d'Annick. Comme toujours, la pièce exiguë, tapissée de sombre du sol au plafond, lui donnait une impression de claustrophobie. Elle alla ouvrir la fenêtre et, sur le point de sortir, se ravisa. Immobile, indécise devant le placard aux jouets, elle hésitait. Elle se décida brusquement à faire ce qu'elle s'interdisait depuis plusieurs jours. Elle ouvrit la porte. À la même place, sur l'étagère du haut, la poupée trônait toujours, dans sa robe rose.

— Qu'est-ce que tu fais là ?

Margot se retourna. Vincent, sur le seuil, était arrivé sans qu'elle l'eût entendu.

— Qu'est-ce que tu fais là ? répéta-t-il doucement.

Il s'approcha de Margot, lui entoura les épaules de ses bras.

— Chérie, c'est un jouet, rien de plus. Tout ce que tu te racontes n'a aucun sens.

Margot se dégagea d'un geste presque brutal.

— Cela en a beaucoup, au contraire. Écoute-moi. Tu sais très bien qu'Annick n'a pas fait un cauchemar. Elle n'a pas pu inventer cette poupée qu'elle n'avait jamais vue auparavant. Cette nuit-là, quand elle a crié, c'est que quelqu'un était entré dans sa chambre. Personne ne veut en parler, mais tout le monde le sait. Et l'autre nuit aussi, quand vous êtes descendus, Jean-Luc et toi, nous n'avions pas rêvé, tu le sais bien. Il y avait quelqu'un dans la maison. Vincent, j'ai l'impression d'un danger, d'une menace. Je voudrais partir d'ici.

XIX

Anne-Marie s'était proposée pour arranger les choses. Généralement, sa force de persuasion faisait merveille. Avec madame Alban, ce fut différent. À tous les arguments, la vieille dame opposait un refus catégorique. Non, elle n'avait pas envie de revenir dans la maison où s'était déroulée cette tragédie. Faire la connaissance des Parisiens que sa petite fille trouvait si sympathiques ? Volontiers. Dans ce cas, sa porte était ouverte ; elle était prête à les accueillir dès qu'ils le souhaiteraient. Pendant trois jours, elle fit de la résistance.

Et pourtant, il y avait urgence. Margot passait ses après-midi à faire la sieste parce qu'elle ne dormait plus la nuit, refusait d'aller à la plage, ne se maquillait plus et se réfugiait dans le silence. À quoi bon parler puisque personne ne voulait la prendre au sérieux...

Vincent prit les choses en main. Au lieu de téléphoner, il se rendit, sans prévenir, chez la grand-mère de Marion.

— J'ai besoin de votre aide. Ma femme a eu une année professionnelle éprouvante, de nouvelles responsabilités… Elle accuse le coup, elle est fatiguée. En outre, elle est très impressionnable. Votre récit l'a bouleversée. Elle est littéralement obsédée par ce qui s'est passé. Si vous veniez, si, avec nous tous, pourquoi pas, on faisait un tour, dans chaque pièce, en évoquant aussi les bons souvenirs, il y en a eu, elle me l'a dit, cela rendrait la maison plus… – Vincent chercha un mot qu'il ne trouvait pas – plus… normale. Ce serait comme une sorte d'exorcisme, vous comprenez ?

Elle avait compris. Elle était venue. En sa compagnie, on avait parcouru la maison. Le premier étage ?

— Je n'y montais jamais, dit madame Alban. Je ne connaissais que la cuisine où ma mère travaillait et aussi les chambres des enfants. Vous souhaitez qu'on y aille, c'est cela ?

Margot ouvrit le placard aux jouets. Suzanne Alban regardait en silence, visiblement très émue.

Elle s'approcha. Devant elle, il y avait un nécessaire de jardinier, un seau et sa pelle, un petit râteau.

Elle caressa un ours auquel il manquait une oreille.

— Que de souvenirs ! dit-elle enfin. Les premières fois, quand je venais ici, j'étais émerveillée. Chez nous, il n'y avait rien de tel. Les petites filles me prêtaient tous leurs jouets. Je crois qu'elles étaient heureuses d'avoir une amie de leur âge.

— Comment s'appelaient-elles ?

— Myriam et Illona. Je n'oublierai jamais leurs prénoms.

— Et il y a aussi cela, fit Margot en désignant le haut du placard.

Suzanne Alban leva les yeux vers l'étagère.

— Cette poupée ! s'exclama-t-elle. Comme c'est étrange ! Je l'avais complètement oubliée. Et pourtant, en ai-je rêvé ! C'était le seul jouet auquel nous n'avions pas le droit de toucher. Nous avions juste le droit de la regarder.

— Pourquoi ?

— Je ne l'ai jamais su. Probablement parce qu'elle était trop belle.

La visite se terminait. Suzanne Alban ne jeta qu'un coup d'œil au rez-de-chaussée.

— C'est toujours aussi laid. N'en dites rien à Pénélope mais tous les Martin ont un goût affreux.

Il fallut insister pour lui faire accepter un rafraîchissement sur la terrasse. On ne s'aperçut pas tout de suite que ce qu'elle voulait éviter c'était de se trouver face au jardin. Brusquement, ses yeux s'embuèrent.

— C'est par là, vers le fond, que la petite Illona a été tuée. Ce que je ne vous ai pas dit, fit-elle en posant sa main sur le bras de Margot, c'est que, lorsqu'elle s'est élancée vers son père, elle tenait son petit chien dans ses bras. Le policier allemand a tiré sur Illona et ensuite il a tiré sur le chien.

— Le petit chien, il avait un nom ?

Tous se retournèrent. Annick que l'on avait envoyée jouer était revenue, sans bruit, à la terrasse. Elle avait tout entendu.

— Le petit chien, répéta-t-elle d'une voix qui tremblait, s'il vous plaît, il s'appelait comment ?

— Il s'appelait Piloutchi, dit doucement madame Alban ; cela, non plus, je ne l'ai jamais oublié... C'est un souvenir tellement terrible que, pendant longtemps, des années, je ne pouvais pas passer par ici. Je faisais un détour pour éviter le chemin. J'avais l'impression que l'endroit était maudit.

Elle se tut.

Personne n'osait rompre le silence. Seule, Margot suivait son idée :

— C'est pour cela qu'on dit que la maison est hantée ?

Suzanne Alban la regarda, pensivement.

— Non, ce n'est pas pour cela. Une maison hantée, des histoires de fantômes, c'est fantastique, poétique. La réalité est beaucoup plus sordide. Le fameux magot des Pollack, on a dû vous en parler à vous aussi ?

Chacun retint son souffle, conscient qu'on était au bord d'une révélation.

— Dès qu'ils sont arrivés, poursuivit Suzanne Alban, des rumeurs ont circulé à propos des Pollack. On disait qu'ils étaient diamantaires, qu'ils avaient un gros négoce avec des cousins à Anvers, qu'ils étaient riches, qu'ils avaient emporté avec eux un véritable trésor. Peut-être était-ce vrai... Ils devaient se sentir en danger. Le bruit a couru que, craignant d'être arrêtés, ils avaient dissimulé leur magot quelque part dans la propriété. Même ma mère en avait entendu parler. Un jour, madame Pollack lui aurait dit, avec son drôle d'accent allemand, « le tréssor est caché tant le chardin ». Alors, vous pensez, après la guerre, quand la maison a été mise en vente, les acquéreurs ne manquaient pas… Ils ont dû patienter parce qu'il fallait faire des recherches.

— Et c'est à ce moment-là, dit Jean-Luc, que les Martin…

À présent, qu'elle avait ouvert les vannes de ses souvenirs, Suzanne Alban ne dissimulait plus son antipathie pour la famille Martin :

— Ils se sont battus pendant des mois, férocement, pour avoir le droit d'acheter. Dès qu'il l'a obtenu, Louis, c'était le père de Gabriel et de Fernand, a commencé à fouiller. Il disait qu'il voulait « faire du blé ou de l'avoine ». Mais on ne voyait jamais rien pousser. Il se contentait de labourer comme un malade. Et je te passe la charrue ; et je te la repasse. Ensuite, il a acheté un tracteur et il a continué… sans jamais rien trouver. Mais, ils sont coriaces dans cette famille…

Margot, Vincent, Jean-Luc et Anne-Marie étaient suspendus à ses lèvres. Pour une révélation, c'en était une !

— Vous voulez dire, fit Vincent, que les trous dans le jardin, c'est pour…

— Bien entendu ! Ma petite fille m'en a parlé. Le jardin défoncé, les jardins puisque maintenant la propriété est divisée, c'est pour essayer de mettre la main sur le fameux trésor. Quatre générations en proie à la même idée fixe. C'est un cas qui pourrait intéresser les psychiatres !

XX

La visite de la grand-mère de Marion avait eu le mérite de clarifier les choses.

— Exorcisme réussi, affirma Vincent. Maintenant, au moins, nous savons pourquoi nous vivons dans un jardin défoncé…

— Et moi, enchaîna Jean-Luc, qui me suis cassé la gueule dans les trous de la pelouse, je sais pourquoi ; c'est satisfaisant pour l'esprit…

Anne-Marie, qui était de Toulon, retrouvait l'accent et les mots de son enfance :

— Il faut en prendre notre parti, nous sommes tombés sur une famille de fadas.

Dans leur bocal, les fadas s'agitaient.

Gabriel ne se consolait pas d'avoir été consigné dans sa caravane lors de la visite de madame Alban :

— Simone, mais je la connais depuis toujours ! On est du pays tous les deux.

On avait accumulé les objections, inventé une histoire de confidences nécessitant l'intimité… sur un sujet délicat… Sa petite fille, Marion, avait des fréquentations qui causaient du souci à sa grand-mère…

Gabriel balayait les fréquentations douteuses d'un revers de main :

— Et alors, quoi ? Pas besoin de faire des mystères pour si peu ! Elle est amoureuse, cette petite ; c'est de son âge !

Sa mise à l'écart l'avait peiné. Cela lui avait fait, comme il le répétait, un drôle d'effet, un coup de poignard dans le cœur :

— Comme si je n'étais plus de la famille !

— Prenons garde, dit Vincent. Vous vous rappelez ce qu'a dit le chauffeur de la maison de retraite… Il a parfois des sautes d'humeur, des accès de mélancolie. Anne-Marie, tu devrais aller le voir.

Anne-Marie s'était récusée, redoutant les "petits bonjours sur le croupion" dont il la gratifiait à chaque occasion. Jean-Luc se dévoua pour recoller les morceaux. Devant un punch bien tassé, la mélancolie avait fondu comme neige au soleil. N'empêche, l'incident avait perturbé Gabriel. On l'avait retrouvé deux soirs de suite "faisant l'archange" au pied de sa caravane. Pénélope, quant à elle, du haut de son poste d'observation, avait assisté à l'arrivée de Suzanne Alban. De loin. Sans rien entendre de ce qui s'était dit. Ce dont elle enrageait. Le lendemain, elle avait rendez-vous avec Anne-Marie pour faire la tournée des boutiques de Lorient. Anne-Marie l'avait prise sous son aile et lui prodiguait des conseils vestimentaires :

— Mais non, vous n'êtes pas moche ! Des kilos en trop ? C'est une formule qui ne veut rien dire. Il y a des femmes, vous et moi, par exemple, qui pourraient se laisser mourir de faim sans perdre cent grammes. La nature est inégalitaire. C'est comme cela. Il faut s'accepter.

— Oui, mais Margot, disait Pénélope…

— Margot, c'est le contraire. Elle mange ce qu'elle veut, elle ne bouge pas. Mais attention, au moindre coup de fatigue, elle attrape des rides autour des yeux. À son âge, vous vous rendez compte ! Tandis que nous, les rondes, nous avons une jolie peau et nous évitons les rides précoces. Vous vous rendrez compte, avec le temps, c'est précieux.

Au retour, Pénélope, contrairement à son habitude, ne manifesta aucun intérêt pour « les fringues » comme elle disait. Elle passait d'un sujet à l'autre, cherchant comment aborder celui qui la préoccupait. Elle finit par se lancer :

— J'ai vu que madame Alban était venue vous voir…

Silence du côté d'Anne-Marie. Pénélope revint à la charge :

— C'est la grand-mère de Marion, vous le savez ?

— Bien sûr.

— Elle est gentille, Marion.

— Très gentille, répondit Anne-Marie.

Pénélope ne se découragea pas :

— Je n'aime pas dire du mal des gens…

— Mais elle va en dire, pensa Anne-Marie.

— Madame Alban, c'est une langue de vipère. Elle est connue dans tout Belz pour colporter des commérages ; souvent, même, il n'y a pas un mot de vrai dans ce qu'elle dit. Méfiez-vous d'elle. Ne croyez pas tout ce qu'elle raconte.

Margot, elle, ne disait rien. En apparence, elle avait recouvré sa sérénité. Ce qui ne l'avait pas empêchée de se renseigner. Sans en parler à personne, elle s'était rendue dans un cyber-café d'Auray pour consulter un site spécialisé dans les jouets. Et puis, elle était retournée ouvrir le placard, en cachette, avec le sentiment de violer un lieu interdit. Suzanne Alban avait raison, c'était une poupée de luxe ; d'après les renseignements glanés sur Internet, c'était même ce que l'on faisait de mieux à l'époque : des membres articulés, un visage en porcelaine, une perruque faite de cheveux naturels. Un soir, Margot se força à prendre la poupée dans ses mains. Les volants de la robe crissaient désagréablement sous les doigts. Au moment où elle touchait la tête, une poignée de cheveux lui resta dans la main. Prise de panique, comme s'il se fût agi d'un être vivant, elle reposa précipitamment la poupée. Dans la brusquerie du mouvement, les paupières avaient basculé de haut en bas. À présent, les yeux de verre, telles des balles prêtes à partir, fixaient l'intruse d'un regard bleu, brillant comme une arme.

« Un regard de sorcière, un regard porte-malheur », pensa Margot en refermant la porte.

XXI

Brusquement, le temps changea.

— C'était trop beau, ça ne pouvait pas durer, soupira Marion. Ici, on n'est jamais sûr du temps. C'est dommage…

Vincent approuvait.

Il faisait gris et chaud. Il y eut un jour de pluie qui transforma la pelouse en éponge. Vincent ronchonnait, répétait que l'année prochaine, on retournerait dans le Midi… On le fit taire. Et, puisque la météo marine prévoyait une dégradation durable, Anne-Marie prit les choses en main. Elle avait repéré à Étel un magasin très sympathique, une sorte de bazar où l'on trouvait de tout. Là, on n'avait que l'embarras du choix pour se prémunir contre les perturbations et autres dépressions océaniques. On fit une razzia de bottes de pêcheurs, de pulls marins, de parkas à capuche pleines de poches secrètes, de fermetures compliquées, de glissières qui ne glissaient pas et qui occupèrent Annick et Nicolas une bonne partie de la soirée.

Le temps était de plus en plus menaçant. On dîna plus tôt que de coutume dans la salle à manger dont le décor, à la lumière électrique, était encore plus déprimant. Que faire ensuite, sinon aller se coucher avec un bon livre ?

L'orage éclata vers minuit. Un orage soudain, violent, sec. Les coups de tonnerre, aussitôt suivis d'éclairs aveuglants, se succédaient. Brusquement, la pluie se mit à tomber. Dans le crépitement des gouttes qui ricochaient avec furie sur les volets, éclata un coup de tonnerre d'une violence à croire que l'on avait fendu les murs d'un coup de hache. Et, dans les grondements du tonnerre, dans les salves de la pluie, un bruit singulier, un choc. Vincent bondit hors du lit, se retrouva sur le palier en même temps que Jean-Luc.

— La foudre est tombée ?

— Non, je ne crois pas. J'y vais.

Un claquement sec les figea sur place.

— C'est une porte, fit Vincent. En bas.

— Pourtant, je suis sûr d'avoir tout fermé, dit Jean-Luc,

Il dévala trois marches quand un éclair illumina follement la cage d'escalier. Puis, tout de suite, ce fut le noir. La voix d'Anne-Marie, tout près :

— Attention. Ne bouge pas. Tu vas te casser la figure.

— Où est le disjoncteur ?

— Dans la cuisine. Il faudrait une lampe de poche.

Margot apparut, un bougeoir allumé à la main. Un souffle, venu d'en bas, fit vaciller la flamme de la bougie. La flamme trembla, faillit s'éteindre, résista. Anne-Marie et Margot, protégeant de la main la flamme de la bougie, descendirent à leur tour. Au milieu de l'escalier, on s'arrêta : du rez-de-chaussée montaient des murmures bizarres, une sorte de mélopée sourde, syncopée, incertaine.

— Il y a quelqu'un en bas, chuchota Margot.

Vincent avait retrouvé sa lampe de poche.

— On y va tous. Cette fois, il faut en avoir le cœur net.

Au fur et à mesure qu'ils descendaient, les sons, de plus en plus proches, devenaient presque humains. Ils débouchèrent dans le salon. Vincent braqua sa lampe. Dans le faisceau lumineux, une forme blanche, face au mur, s'agitait en cadence. À ce moment, la lumière revint.

— Gabriel ! s'exclama Jean-Luc.

Tous les quatre, n'en croyant pas leurs yeux, ils regardaient. Couvert d'un drap, de la tête aux pieds, Gabriel, marmottait d'incompréhensibles borborygmes, les bras en croix, mimant la reproduction d'un tableau qu'il contemplait, l'air extasié.

Il leur fallut quelques instants pour reprendre leurs esprits. Pour aller fermer la porte de la cuisine par où s'engouffrait le vent qui se levait. Pour prendre la mesure de la situation, pour faire asseoir Gabriel, le faire redescendre sur terre, lui faire boire un verre d'eau. Il n'opposa aucune difficulté lorsqu'on le fit, d'autorité, réintégrer sa caravane.

— Il m'a même souhaité bonne nuit, dit Jean-Luc lorsqu'il rentra après l'avoir mis au lit. Il a le sens de l'humour !

Le lendemain matin, éclata un autre orage, qui ne devait rien, celui-là, à la météorologie. Vincent appela la maison de retraite, exigea qu'on vînt rechercher leur pensionnaire :

— Et immédiatement. Il est somnambule. C'est dangereux. Nous avons de jeunes enfants, cela risque de les effrayer.

Il se heurta à des refus en forme de dérobades : Gabriel Martin ? Somnambule ? On n'avait jamais rien remarqué de cette sorte. De toute façon, on ne pouvait prendre aucune décision en l'absence du directeur qui était en vacances ; et on ne pouvait réintégrer Gabriel sans l'accord de son neveu, monsieur Basile Martin…

Vincent perdait patience :

— Mais puisqu'on ne peut pas le joindre, ce Basile Martin.

On éluda poliment en lui conseillant d'appeler « une structure médicale », les urgences psychiatriques peut-être. Au bout de trois tentatives infructueuses pour se faire passer le responsable, Vincent, hors de lui, invectivait son interlocutrice. Margot lui arracha le téléphone des mains pour s'entendre dire que, si son mari ne se calmait pas, c'était lui qu'il faudrait conduire aux urgences.

XXII

Les jours suivants furent une espèce de sursis. Gabriel, aussi jovial qu'à l'ordinaire, affirmait ne garder aucun souvenir de cette nuit d'orage au cours de laquelle il aurait troublé le sommeil des hôtes de la grande maison. D'ailleurs, s'il y avait de l'orage, personne ne pouvait dormir ; alors où était le mal ? En revanche, il manifestait une sympathie de plus en plus vive pour "les Parisiens" et un intérêt inattendu pour la peinture. À plusieurs reprises, il demanda à entrer un moment « pour voir les tableaux » qui recouvraient un des murs du salon. Anne-Marie tenta de le dissuader :

— Mais vous les connaissez, puisque cette maison appartenait à votre père. Vous y avez vécu quelque temps.

— Dans ma jeunesse. À ce moment-là, je ne pensais qu'à la gaudriole. Tandis qu'à présent, si quelqu'un me montrait, m'expliquait comment il faut regarder pour comprendre une peinture…

En l'entendant, Jean-Luc fut tout près de perdre son flegme habituel. La caravane plantée au milieu du jardin. Le parasol de Gabriel installé à la lisière de la terrasse quand ce n'était pas sur la terrasse elle-même. Si, en plus, il fallait le supporter en train de rôder dans la maison à longueur de journée...

— Toi, dit-il à Vincent, qui fréquentes les galeries et les expositions, tu es l'homme de la situation. Tu lui fais faire le tour du salon, tu lui sers deux ou trois commentaires bien sentis et on oublie ce vieux gaga pendant quelques jours.

Vincent se dévoua.

— Mais je vous préviens, fit-il à Gabriel, ce ne sont que des reproductions et de qualité médiocre ; très loin de ce que l'on peut voir dans un musée.

— Vous parlez de musée ! Si vous croyez que chez nous, les paysans, on allait dans les musées. On n'avait pas le temps ; en plus, on n'aurait même pas osé !

Il y avait de tout aux murs du salon. De vieilles reproductions, mal photographiées, comme cet *Angélus* de Millet aux couleurs glauques, des *Nymphéas* de Monet dégoulinant de traînées rose bonbon. Des toiles aussi, ostensiblement fausses : des Corot, des Degas, maladroitement copiés par un peintre du dimanche. Gabriel s'intéressait à tout, à la personnalité des peintres, à leur technique, au prix des œuvres :

— Et quand c'est du vrai, ça va chercher combien ?

Vincent lui citait des chiffres qui le laissaient rêveur.

— On m'avait dit que ça pouvait rapporter gros, mais, à ce point-là, j'aurais jamais cru...

À la maison de retraite, il avait le temps de lire, de temps en temps, il se plongeait dans les dictionnaires.

— Il y a des gravures ; j'ai lu des trucs sur un certain Le Nain, ça m'a bien plu !

— Ils sont trois les Le Nain, trois frères…

— Et puis sur Chardin aussi. Il n'y en a pas ici ?

— Si, un seul, je crois ; tenez, celui-ci.

C'était une minable copie de la célèbre *Pourvoyeuse* devant laquelle Gabriel s'attarda longuement.

— Vous aimez le genre intimiste, dit Vincent, amusé.

Gabriel continuait son tour, il s'extasia devant d'affreux chromos reproduisant des œuvres des frères Le Nain :

— C'est beau tout de même ! Vous avez vu, hein ces détails, ces visages, ces expressions !

Et, dans le flot de commentaires oiseux ou cocasses dont il ponctua le tour du salon, il posait aussi, parfois, des questions bienvenues. Vincent resta songeur en le voyant repartir vers sa caravane :

— Drôle de bonhomme ! Il y a des moments où l'on se demande s'il est gaga ou s'il fait semblant.

— Mais, dit Jean-Luc, la vraie question c'est : pourquoi ferait-il semblant ?

Deux jours plus tard, pour occuper Annick et Nicolas, Anne-Marie programma une excursion en bateau sur la ria d'Étel.

— On accepte aussi les grandes personnes, ajouta-t-elle.

Vers la fin de l'après-midi, ils embarquèrent tous les six sur une vedette de la Compagnie des Îles.

— C'est la mer ou c'est la rivière ? demanda Nicolas.

— Un peu des deux, dit Vincent. Maintenant, on ne parle plus. On regarde, c'est tout.

Pendant la matinée, il avait plu. Une pluie fine, douce comme une rosée. Et, à présent que le ciel se dégageait, un halo de brume légère tamisait les rayons du soleil, noyant le paysage dans une lumière irréelle. Chaque méandre de la rivière révélait un paysage changeant, visions fugitives et paradisiaques, minuscules plages de sable immaculé, îlots d'où s'enfuyaient des vols d'oiseaux effarouchés, chapelles et fontaines, criques secrètes et, à mesure que l'on allait vers le fond de la ria, des bois touffus aux profondeurs mystérieuses. Il y aurait eu beaucoup à dire pour expliquer aux enfants le régime des marées sur la rivière, la richesse de la flore et de la faune, la fragilité de l'écosystème. Mais le spectacle était si enchanteur que personne n'avait envie de troubler le silence.

La journée se termina à Étel, à "L'abri du pêcheur" une brasserie du port, découverte par Jean-Luc et Anne-Marie, où la cuisine était aussi savoureuse que l'ambiance était sympathique.

Quand, après une longue flânerie sur le quai, ils rentrèrent, tout dormait à Ker Bihannig. Silence dans la caravane. Et volets clos chez Pénélope.

Le lendemain matin, les fenêtres s'ouvrirent une à une par un soleil radieux. Jean-Luc, Anne Marie, Vincent et Margot achevaient leur petit-déjeuner lorsque les enfants firent leur apparition. Margot leur servit le chocolat chaud qui attendait dans une thermos. À peine assise, Annick se releva.

— Moi, je vais d'abord dire bonjour à Théodore.

— Et moi aussi, s'écria Nicolas.

Ils filèrent vers le fond du jardin. L'instant d'après, Nicolas était de retour, la mine un peu chavirée.

— Maman, Maman, viens voir ! Pénélope a changé de Théodore. Elle a mis un pendu pour de vrai !

Cavalcade vers le fond du jardin. Et ils se figèrent devant l'incroyable spectacle : à la place de l'épouvantail, le corps de Gabriel se balançait à la grosse branche du cerisier.

XXIII

Plus tard, ni les uns ni les autres ne purent se rappeler avec précision ce qu'ils avaient fait dans les minutes qui suivirent. Il avait fallu enjamber la clôture pour entrer dans le jardin de Pénélope. Qui avait eu, le premier, l'idée de couper la corde ? Quelqu'un – était-ce Jean-Luc ? – s'était précipité pour chercher un couteau. Vincent l'avait aidé à retenir le corps qu'on avait allongé sur l'herbe. Anne-Marie avait foncé chercher son portable et donnait l'alerte tous azimuts.

Dans la confusion, on entendit la voix d'Annick, une toute petite voix, étranglée :

— Il va guérir, Gabriel ? Maman, il n'est pas mort ?

— Moi, je sais qu'il est mort, dit Nicolas, les yeux pleins de larmes.

Margot les emmena. Ensuite, il y eut le ballet des voitures. Les pompiers arrivèrent les premiers. On les écarta sans ménagement.

— Éloignez-vous ; vous gênez !

On les entendit parler de respiration artificielle. L'ambulance du SAMU suivit presque aussitôt. Un homme en blouse blanche descendit.

— On a fait au plus vite, dit-il. Je suis parti tout de suite. Moi, je suis infirmier, il faut attendre le médecin pour le constat de décès.

— Il est mort ?

— Cela me paraît évident.

Une voiture banalisée stoppa devant le portail.

— Vous êtes la police ? demanda Anne-Marie.

— La gendarmerie.

Ils étaient deux. Jean-Luc, Vincent, Anne-Marie, toujours sous le choc, les regardèrent se pencher sur le corps de Gabriel étendu sur le sol.

— Ne restez pas là. Écartez-vous, dit l'un des deux gendarmes.

Une autre voiture arrivait. C'était le médecin. À son tour, il se pencha sur le corps, souleva une paupière et fit un signe à l'infirmier. On posa le corps sur un brancard qu'on transporta dans l'ambulance.

— Décédé, sans aucun doute, dit le médecin.

Un des gendarmes sortit un stylo.

— Et la mort remonte à... ?

— On va voir ça. Faites-le transporter à l'intérieur. Je vais l'examiner. Je pense pouvoir vous donner le certificat de décès dans une dizaine de minutes.

— Le temps qu'il nous faut pour recueillir les premiers éléments auprès des témoins, dit l'un des gendarmes.

Margot venait de rejoindre Vincent, Jean-Luc et Anne-Marie. Le gendarme se tourna vers eux.

— C'est chez vous ici ?

— Non, dit Jean-Luc. Ici, c'est le jardin de mademoiselle Martin. Nous, nous sommes les locataires de la maison d'à côté.

— Allons-y. Non, pas par là. Par le portail.

Il fallait contourner la petite maison, sortir par le portillon du jardin de devant, marcher quelques mètres sur le chemin de terre et rentrer par le portail grand ouvert.

— C'est par là que vous êtes passés pour détacher le corps ?

— Non, nous avons enjambé la clôture.

Le second gendarme traçait rapidement un croquis des lieux. Les couverts du petit-déjeuner étaient encore sur la table de la terrasse.

— Excusez-nous, dit Vincent.

Le premier gendarme fit un geste indiquant que cela n'avait aucune importance.

— Je vais commencer par vous demander de décliner vos identités.

Son adjoint prenait des notes.

— Qui a découvert le corps ?

— Les enfants. Puis, tout de suite, nous tous.

— Ensemble ?

— Oui, ensemble.

— Vous disiez les enfants…

— Ils ont l'habitude de commencer la journée en allant dire bonjour à Théodore.

— Qui est Théodore ?

Ce n'était pas si facile à expliquer…, les cerises de Pénélope…

— Quelle Pénélope ?

— Pénélope Martin, la petite-nièce de Gabriel Martin. Le cerisier est dans son jardin…

De temps en temps, l'adjoint, visiblement perplexe, restait stylo en l'air, en entendant parler de l'épouvantail… du “pendu pour rire”…

— À la même branche de cerisier ?

— Oui. C'était un jeu…

— Drôle de jeu.

On en vint à des questions plus banales :

— Vous dites donc que vous n'avez aucun lien de parenté avec monsieur Gabriel Martin ?

— Aucun.

— Et pourquoi logeait-il dans une caravane ?

Le portable de l'adjoint grésilla.

— C'est pour vous, Chef.

Il n'eut pas le temps de lui passer l'appareil ; le médecin, à son tour, enjamba la clôture et vint les rejoindre sur la terrasse.

— Terminé ? demanda le chef.

— Non.

— Un problème ?

— Peut-être.

Le gendarme leva un sourcil interrogateur.

— Pour le moment, répondit le médecin. Pas question de délivrer le certificat de décès. Je demande une autopsie.

XXIV

Dès le lendemain, Margot commença à remplir les valises, en commençant par celles des enfants. Elle était catégorique :

— Il ne nous reste qu'une seule chose à faire, partir, quitter cette maison au plus vite !

Vincent essaya de la raisonner en lui rappelant qu'ils étaient solidaires de Jean-Luc et d'Anne-Marie, que la location avait été faite d'un commun accord, que, d'ailleurs, c'était elle qui était tombée sous le charme du site de Ker Bihannig.

Margot ne voulait rien entendre :

— La grand-mère de Marion avait raison. Cet endroit est maudit.

Le courrier qu'un motard vint leur remettre "en main propre" coupa court à tout projet de départ. C'étaient des convocations à la gendarmerie. Chacun avait la sienne. À des heures et à des jours différents.

— Comme si on avait peur que nous nous concertions, fit remarquer Jean-Luc ; comme si on voulait recouper nos témoignages.

— Comme si nous avions quelque chose à nous reprocher, dit Vincent.

— Mais quoi, fit Anne-Marie ? Gabriel s'est suicidé, ce n'est quand même pas notre faute !

Margot ouvrit le bal.

Elle devait se rendre l'après-midi même, au poste d'Étel, accompagnée de ses deux enfants à qui on demanderait de répondre à quelques questions très simples ; et cela, en présence de leur mère.

— Je t'accompagne, dit Vincent.

— Tu es convoqué pour demain.

— Je sais mais, dès qu'ils en auront fini avec Annick et Nicolas, je les emmènerai prendre une glace en t'attendant.

Les choses ne se passèrent pas dans l'ordre prévu. Margot fut introduite la première, déterminée à suivre la tactique qu'ils avaient mise au point tous les quatre, à savoir que “cette histoire ne les concernait pas”.

— On ne dit que la vérité mais on en dit le moins possible.

C'était le même gendarme qui interrogeait. L'autre, devant son ordinateur, prenait des notes. Les questions portaient sur la nature de leurs relations avec Gabriel Martin.

— Depuis combien de temps le connaissiez-vous ?

— Depuis peu, quelques jours, une quinzaine tout au plus. Nous avons été catastrophés quand on nous l'a installé dans le jardin.

— Je sais, dit le gendarme. On nous a expliqué la chose à la maison de retraite.

— Avait-il des soucis ?

— S'il en avait, il ne nous en a jamais parlé.

— L'aviez-vous entendu parler de mettre fin à ses jours ?

— Monsieur Martin ? Jamais. Mais il ne nous faisait pas de confidences... En fait, nous le connaissions à peine.

— Donc, pendant cette cohabitation forcée – d'une quinzaine de jours, c'est cela ? – vous n'avez pas vraiment fait connaissance ; vous ne vous êtes pas fréquentés ?

Margot acquiesça :

— Pas du tout. Nous tenions à garder nos distances, à préserver notre indépendance.

On fit entrer Annick et Nicolas. Margot avait craint que les enfants fussent traumatisés par ce qui était bel et bien un interrogatoire. Elle fut vite rassurée. Le brigadier commença par des questions anodines sur la mer, les baignades. Puis, avec beaucoup de tact, il se fit raconter la macabre découverte, comme si c'eût été une chose anodine. Le ton était plein de gentillesse lorsqu'il aborda le vrai sujet.

— Vous le connaissiez, monsieur Martin ? Il ne vous faisait pas peur ?

— Oh non ! s'écria Annick. Il est tellement gentil ! J'espère qu'il va revenir vite. On s'amuse bien avec lui.

— Et puis, il nous raconte des histoires, coupa Nicolas. Des histoires de chat.

— Non, coupa Annick, c'est des histoires de diable.

Insidieusement, le brigadier avait ouvert une boîte de caramels qu'il poussa vers les enfants.

— C'est pour vous, du caramel breton, sucré salé. C'est très bon. Vous pouvez goûter.

— Mais, il y a quand même un chat dans l'histoire, bredouilla Nicolas, la bouche pleine. Je me rappelle bien, quand nous sommes allés à Saint-Cado avec Gabriel.

— Vous êtes allés à Saint-Cado avec lui, tous les deux ?

— Non, pas seulement tous les deux. Il y avait aussi Papa, Maman, Jean-Luc et Anne-Marie.

— Racontez-moi ça, dit le brigadier d'un ton plein de bonhomie. Et il poussa la boîte vers Annick et Nicolas.

— Allez-y, les enfants, c'est pour vous !

Ils ne se firent pas prier... Les caramels leur engluaient la langue et leur rafraîchissaient la mémoire. En puisant sans vergogne dans la boîte, ils racontaient. Tout y passa : les exploits de Gabriel quand il conduisait – tout seul – des bateaux grands comme ça et les petits-déjeuners avec les crêpes ; et les dîners, tous ensemble, autour de la terrasse... Ils étaient intarissables. Lorsque le brigadier se leva pour les reconduire, il arborait un air de grande satisfaction.

— Eh bien, Madame, fit-il, on a bien raison de le dire, la vérité sort de la bouche des enfants.

XXV

— Ne t'inquiète pas trop, dit Vincent, après que Margot, dépitée, eut terminé son récit. Je vais essayer de rattraper cela.

Il n'en eut pas le loisir. Lorsque ce fut son tour de passer sur le gril, le brigadier ne s'intéressait qu'à la soirée qui avait précédé la découverte du corps.

— À quelle heure êtes-vous rentrés ?

— Vingt-deux heures, vingt-deux heures trente... environ.

— D'après votre voisine, Pénélope Martin, vos enfants rendaient visite à l'épouvantail avant d'aller se coucher. Ils l'ont fait ce soir-là ?

— Non.

— Pourquoi ?

— Nous avions passé la journée en excursion. Les enfants dormaient debout.

— Dans quelle voiture êtes-vous rentrés ?

— Celle de nos amis.

— Le quatre-quatre garé près du portail ?

— Oui ; elle est trop longue pour entrer dans le garage.

— Avez-vous remarqué quelque chose d'inhabituel ?

— Absolument rien. Mais, comme je vous l'ai dit, nous étions pressés de nous coucher. Nous ne nous sommes pas attardés.

— Pour aller du portail à la maison, il faut passer tout près de la caravane. Avez-vous remarqué si la porte était ouverte ?

Vincent réfléchit un instant.

— Non, fit-il. Si elle avait été ouverte, nous l'aurions remarqué. Elle devait être fermée… comme… d'habitude…

— Vous n'avez pas l'air d'en être sûr ?

Vincent hésita.

— Voyez-vous, monsieur Martin était un couche-tôt. Nous, c'est le contraire. Le dernier à monter se coucher allait faire un tour du côté de la caravane pour s'assurer que tout allait bien et, souvent, on l'entendait ronfler…

— Et ce soir-là ?

— Il me semble que nous n'avons rien entendu.

Le lendemain, Anne-Marie, elle, fut invitée à préciser les circonstances dans lesquelles ils avaient fait la connaissance de Gabriel Martin. Elle rentra à Ker Bihannig, assez perplexe.

— Il est agaçant, ce gendarme ! J'ai dû lui raconter, par le menu, des détails qu'il connaissait parfaitement puisqu'il avait déjà interrogé le personnel de la maison de retraite, le loueur de caravanes etc. Il m'a demandé pourquoi nous avions – si facilement, ce sont ses termes – accepté d'accueillir un vieillard inconnu.

— Tu lui as dit à quel point nous avions tenté de nous en débarrasser ?

— Bien entendu.

— Je lui ai rappelé que nous n'avions trouvé aucun interlocuteur responsable. Il a rétorqué qu'à notre place, la plupart des gens auraient fini par obtenir gain de cause ; ça m'a laissée sans voix. J'ai fini par lui dire que nous avions bien été obligés de faire contre mauvaise fortune bon gré et que ce Gabriel, au fond, nous l'aimions bien.

— Sa réaction ?

— Il m'a regardée comme s'il ne me croyait pas tout à fait. Il m'a assuré, avec un drôle de sourire, que nous étions vraiment des vacanciers de bonne composition. Et, vu son expression, cela n'avait pas l'air d'un compliment.

Jean-Luc était le dernier de la liste. À son entrée dans les locaux de la brigade, il salua les deux gendarmes avec la politesse glaciale qui, chez lui, était le signe d'une mauvaise humeur difficilement contenue. Il s'était préparé à répondre, comme lors des précédents interrogatoires, sur un sujet bien particulier. Mais le brigadier avait changé de tactique. Il demanda à son visiteur de lui préciser quelques points de détail que, apparemment, il connaissait déjà puisque son adjoint ne prit même pas la peine de les rentrer sur son ordinateur.

— Puis-je encore vous être utile à quelque chose ? demanda Jean-Luc avec une amabilité appuyée.

— Pour aujourd'hui, non.

— Pour aujourd'hui ? Nous vous avons dit tout ce que nous savions, c'est-à-dire pas grand-chose. Le reste, c'est l'affaire de la famille.

— Justement, fit le brigadier, à propos de famille. On a réussi à localiser le petit-neveu du défunt, Basile Martin et son épouse.

— À l'agence de voyages de Paris, on affirmait n'avoir aucune trace de leur réservation…

— Il faut croire, dit le brigadier, que vous n'aviez pas suffisamment insisté.

— Et où sont-ils ?

— Ils batifolent, à dos de mulet – tous les goûts sont dans la nature – sur les hauts plateaux de Mongolie. On va les joindre sous quarante-huit heures au plus.

— Eh bien, tant mieux ! dit Jean-Luc. Parce que, vous avouerez que, pour vous gâcher vos vacances, on peut difficilement trouver mieux qu'un suicide dans votre jardin.

Le brigadier posa ses deux mains bien à plat sur le dossier qu'il venait de refermer, puis il leva les yeux vers Jean-Luc.

— Mais qui a dit que c'était un suicide ? En fait, Gabriel Martin était déjà mort depuis plusieurs heures lorsqu'on l'a pendu.

XXVI

Le lendemain matin, leur parvint un nouveau courrier. Les habitants de Ker Bihannig étaient priés de ne pas quitter les lieux et de se tenir à la disposition des autorités chargées d'élucider les circonstances de la mort de Gabriel Martin, ce jusqu'à la fin de l'enquête. Dans l'après-midi, de son bureau, Pénélope appela Anne-Marie. Pouvait-elle venir les voir ce soir ?

— Venez dîner, dit Anne-Marie. Nous ferons le point.

Le dîner fut expédié dans une ambiance plutôt lugubre. Il était clair que Pénélope avait quelque chose sur le cœur et qu'elle se contenait difficilement. Tous essayaient quand même de faire bonne figure devant les enfants. Et comme il n'était plus question de bonsoir à Théodore, la dernière bouchée avalée, Margot les envoya se coucher.

À peine avaient-ils disparu que Pénélope déversa ses inquiétudes. Elle aussi avait été convoquée à la gendarmerie où, selon ses dires, on l'avait "cuisinée" pendant près de deux heures. La raison ? Gabriel étant mort sans enfant, son cousin Basile et elle-même étaient les seuls héritiers et, par le fait, auraient pu avoir intérêt à sa disparition.

Anne-Marie haussa les épaules.

— C'est ridicule !

Ce n'était pas tout. Les gendarmes considéraient que, Basile étant en voyage quelque part en Chine, était hors de cause ; ils avaient donc laissé entendre à Pénélope qu'elle n'était pas loin de devenir une possible suspecte.

— J'ai eu beau dire que j'étais brouillée avec ce qui me reste de famille, que je ne voyais jamais ce vieux grigou de Gabriel, c'est tout juste si on ne m'a pas accusée de l'avoir poussé au suicide.

Il y eut un échange de regards : Pénélope ignorait-elle vraiment qu'il ne s'agissait pas d'un suicide ?

— D'autant plus, poursuivit Pénélope, que je n'ai pas d'alibi...

— Les gendarmes ont-ils employé le mot « alibi » ? coupa Vincent.

— Oui. Donc, il faudrait m'aider...

Jean-Luc la considérait avec un certain amusement : « Qu'est-ce qu'elle peut bien mijoter dans sa cervelle de pois chiche... »

Le plan de Pénélope était simple. Il suffisait à ses nouveaux amis de dire que, le soir du décès de Gabriel, elle avait dîné avec eux au restaurant. Et le tour était joué.

— Et, en réalité, où étiez-vous ?

— Dans une discothèque de Lorient.

— Seule ?

— Non.

— Eh bien, le voilà votre alibi !

Mais là était le pot aux roses qu'elle dévoila : une rencontre toute récente, grâce à Internet – et, cette fois, c'était du sérieux, un coup de foudre réciproque – avec un homme marié qui exigeait le secret absolu sous peine de rupture.

— Vous allez m'aider, n'est-ce pas ?

Et, comme personne ne répondait, elle s'effondra en sanglots.

Il fallut un bon moment pour la calmer, pour lui faire avouer qu'à la gendarmerie, on lui avait appris, à elle aussi, qu'il ne s'agissait pas de suicide, que l'affaire était grave et qu'il était impensable de produire de faux témoignages qui, d'ailleurs, ne tiendraient pas.

— Au restaurant, Jean-Luc et Anne-Marie sont connus. Et ils avaient réservé une table spéciale pour quatre personnes et deux enfants.

Elle se remit à pleurer.

— Alors, je suis perdue ! Parce que, quand il rentrera, ce salaud de Basile fera tout pour m'enfoncer.

Elle fourrageait dans sa poche. Margot lui tendit un paquet de mouchoirs en papier.

— Merci, fit Pénélope, en se mouchant. J'espère que vous, au moins, vous ne croyez pas que je sois capable de…

— Personne ne pense cela, dit Vincent ; mais il faut avouer que vous, les Martin, vous faites une famille assez redoutable. Vous avez vos secrets, des secrets que vous partagiez avec votre oncle Gabriel et probablement aussi avec votre cousin Basile…

Elle leva vers eux un regard encore mouillé de larmes.

— Vous êtes au courant pour le trésor caché dans le jardin, n'est-ce pas ? La grand-mère de Marion vous a raconté ? Je suis sûre qu'elle en a rajouté.

Brusquement, elle se mit à parler. Son récit recoupait celui de madame Alban, mais ce que celle-ci n'avait pas dit et que, peut-être, elle ignorait, c'était que les Martin, eux aussi, malgré leur cupidité, avaient ressenti que l'endroit était trop marqué par le malheur pour qu'on pût y vivre. Aucun d'entre eux n'avait jamais vraiment habité Ker Bihannig.

— Même pas votre cousin Basile et sa femme ?

— Non, même pas eux. Ils se sont bien gardés de vous le dire pour ne pas vous impressionner mais, en réalité, ils habitent en plein bourg de Belz. Ils se sont battus pour hériter de la grande maison mais ils n'y viennent que pour inviter des amis. C'est pour cela qu'ils n'ont fait rénover que certaines pièces. Pour le reste, personne, jamais, n'a osé toucher à rien.

Des salles de bain pimpantes, une cuisine ultramoderne et ces chambres vétustes, ce salon poussiéreux, ce que Jean-Luc avait appelé des “dissonances”, enfin on en comprenait la raison. Petit à petit, la maison livrait ses secrets…

Margot écoutait. Dans quelques minutes, elle monterait dans cette chambre où elle se sentait si mal à l'aise, sans doute parce qu'il y flottait toujours quelque chose des anciens habitants. Auparavant, elle serait passée dire un dernier bonsoir aux enfants. Annick et Nicolas dormaient dans les pièces où avaient vécu les deux petites filles juives. À présent, il y avait bien longtemps que Myriam et Illona étaient mortes et, pourtant, rien n'avait changé dans leurs chambres. À cette pensée, Margot frissonna.

XXVII

— Ne pas oublier que nous sommes en vacances, rappela Anne-Marie.

Puisqu'on ne pouvait quitter Ker Bihannig, il restait à profiter de toutes les ressources de la région. Et elles ne manquaient pas !

Il y eut les excursions écologiques, les promenades dans les chemins creux de Riantec. À la première baignade dans la "Petite Mer", Annick refusa d'aller jusqu'à l'eau :

— Je ne peux pas marcher ; c'est sale et ça glisse !

Il fallut lui expliquer ce qu'étaient les laisses de mer, des algues abandonnées par la marée qui constituaient un engrais indispensable à la végétation des dunes environnantes.

— Donc, ce n'est pas sale ?

— Pas du tout ; et c'est plein d'animaux que tu ne vois pas et qui sont très utiles.

Il y eut les promenades historiques, la visite de la citadelle de Port-Louis. Jean-Luc s'empêtra un peu lorsqu'il se lança dans l'explication de la construction de la citadelle : les partisans d'Henri IV en guerre contre les troupes catholiques et leurs alliés espagnols…

Concernant les guerres de religion, Nicolas trouvait des solutions, non exemptes de chauvinisme :

— C'étaient des Français ? Alors pourquoi ils se disputaient ? Et, d'abord, pourquoi ils chassaient pas les Espagnols ?

On hésitait à emmener les enfants au Musée de la Citadelle. Au dernier moment, on opta pour un parcours rapide. L'aventure de la Compagnie des Indes Orientales, même racontée par Jean-Luc, c'était quand même un peu abstrait. En revanche, les vitrines garnies de porcelaines chinoises, de miniatures indiennes fascinèrent Annick. La visite se poursuivait par le Musée de la Marine. Devant les maquettes des grands vaisseaux à voiles, Nicolas se trouva une nouvelle vocation :

— Je veux plus être pompier, je veux être marin !

Le temps s'était remis au beau. Anne-Marie, fidèle à son optimisme inébranlable, positivait, Jean-Luc avait presque oublié son entorse ; Margot ne parlait plus de partir et Vincent faisait des merveilles à la cuisine. En apparence, les vacances se poursuivaient normalement. Mais le cœur n'y était pas. L'enquête suivait son cours. Ils avaient, de nouveau, été convoqués à la gendarmerie. Ensemble. Les gendarmes, cette fois, s'intéressaient à l'affaire du fameux trésor caché.

— Vous êtes au courant ? s'étonna Vincent.

Le brigadier grimaça une espèce de sourire.

— Comme tout le monde. À cause de cela, pendant des années, la famille Martin a été la risée du pays. C'est une vieille histoire mais, dans une affaire de meurtre, il ne faut rien négliger.

C'était la première fois qu'on parlait de meurtre. À l'instant où le brigadier prononçait le mot, le flash d'un souvenir frappa Vincent : un motoculteur ronflant dans le jardin de Pénélope ; et Gabriel, goguenard : « Elle cherche mais elle ne trouvera pas. » Une courte scène qu'il avait complètement oubliée et qui lui revenait.

En parler aux gendarmes ? En une seconde, il prit le parti de n'en rien faire : « cette histoire ne nous concerne pas. Dans six mois, nous l'aurons oubliée. »

Pourtant, au retour, sous prétexte de lui emprunter un programme de télévision, il alla sonner au portillon de Pénélope. Elle n'avait pas entendu la clochette, tout occupée qu'elle était à pianoter devant son ordinateur. Elle rougit en l'apercevant et se leva brusquement comme une gamine prise en faute.

— Elle cultive ses relations amoureuses, pensa Vincent.

L'heure n'était pas aux préambules. Du bout du pied, il désigna les outils de jardinage qui traînaient sur une plate-bande à demi défoncée :

— Vous aussi, vous continuez à fouiller ?

Elle rougit encore plus fort, prise de court.

— Mais, poursuivit Vincent, peut-être ne trouverez-vous jamais… C'est ce que pensait votre oncle.

Et il lui rapporta les propos de Gabriel.

Contrairement à ce qu'il pensait, Pénélope ne parut pas vraiment surprise.

— Il a dit cela ? Je me doutais qu'il y avait anguille sous roche. Il avait fait des allusions au personnel de la maison de retraite. Il disait que, bientôt, il serait riche. On ne le prenait pas au sérieux, mais je pense que, récemment, il avait appris je ne sais quoi, un détail peut-être, que personne, avant lui, n'avait jamais découvert.

— Vous allez en parler aux enquêteurs ?

Elle secoua la tête.

— Non, sûrement pas ! C'est pour le coup qu'on me soupçonnerait.

« Elle a peut-être raison… », pensa Vincent en revenant à la grande maison.

Le soir même, Margot fit quelque chose qu'elle s'était promis de ne plus faire. Elle entra dans la chambre d'Annick, ouvrit le placard aux jouets et resta interdite. La poupée avait disparu.

XXVIII

Comme d'habitude, le soleil matinal chassa les fantasmes de la nuit. Margot respira à fond, plusieurs fois. Elle s'était levée la première. Elle avait mal dormi. La raison ? Elle ne la connaissait que trop bien. La poupée disparue avait hanté son sommeil. Mais avait-elle vraiment disparu, cette poupée diabolique ? Et si c'étaient les enfants qui, malgré l'interdiction qu'on avait faite, avaient joué avec la poupée ou l'avaient cassée ? Margot l'avait presque souhaité. Mais c'était peu probable. Annick et Nicolas, discrètement interrogés, la veille au soir avaient dit n'avoir jamais ouvert le placard. De fait, ils étaient plus impressionnés que tentés par ces jouets venus d'un autre âge. Margot avait même cru sentir qu'ils en avaient peur. Elle ne parlerait à personne de l'incident ; parce que c'était un incident. Pas même à Anne-Marie et surtout pas à Vincent. Et, en attendant de quitter cette maison, elle allait s'efforcer d'oublier ces visions de cauchemar, la poupée, Théodore, Gabriel, et même Pénélope.

Mais les Martin ne se faisaient pas oublier si facilement.

Au moment où Jean-Luc et Anne-Marie, en robe

de chambre, faisaient leur apparition, Pénélope enjambait la clôture. Déjà en tenue de ville, prête à partir pour son bureau, mais l'air catastrophé :

— Je suis en panne de voiture !

— Qu'est-ce qu'elle a votre voiture ?

— Elle ne démarre pas.

Vincent arriva sur ces entrefaites.

— J'y vais, dit-il.

Le pain était grillé à point quand il revint, flanqué de Pénélope.

— Refus absolu de démarrer ; ça doit être la batterie. Si nous avions un câble…

Jean-Luc partit explorer les coffres des voitures : on n'avait pas de câble.

— Je vous conduis à Lorient, dit Margot.

Vincent regarda sa femme.

— Non, pas toi ; tu as une mine de papier mâché, ce matin. Tu as bien dormi ?

— Très bien.

— Pénélope, vous allez prendre votre petit-déjeuner avec nous.

— C'est déjà fait.

— Eh bien, vous en prenez un deuxième, dit Vincent. Téléphonez à votre bureau que vous serez un peu en retard. Vous me laissez le temps de prendre mon café et je vous emmène.

Pénélope sortit son portable pour un bref appel à son bureau. Puis, on l'entendit parlementer longuement avec son garagiste habituel.

— Il n'est pas sûr de venir, dit-elle, découragée. Il est débordé. Il dit qu'il passera peut-être, après la fermeture du garage, vers sept heures, sept heures et demie. Mais je ne serai pas là.

— Nous irons vous chercher à votre bureau, proposa Jean-Luc.

En réalité, ce qui tracassait Pénélope, c'était qu'elle devait passer la soirée à Lorient “avec des amis”.

— Eh bien, dans ce cas, dites au garagiste qu'il trouvera la clé chez nous et laissez-nous votre clé de voiture.

— Cela ne vous dérangerait pas trop qu'il sonne chez vous ?

— Pas du tout, dit Anne-Marie ; et passez une bonne soirée !

Vincent arrivait.

— On y va ?

Pénélope fourrait laborieusement son portable dans un étui trop étroit.

— Et puis, j'ai quelque chose de marrant à vous raconter, un truc incroyable, à tomber à la renverse…

— Cela nous concerne ?

— Oui, si on veut.

— Qu'est-ce que c'est ?

— Je vous expliquerai demain, en prenant mon temps ; ça vaut le coup, vous verrez ! Là, je suis trop pressée.

À la fin de la journée, lorsqu'ils rentrèrent de la plage, il y eut un appel du garagiste : il ne pouvait pas se déplacer le soir-même. Il viendrait le lendemain matin.

Après le dîner, Vincent fit une courte incursion chez Pénélope pour voir où en était la voiture.

— Je ne comprends pas. Peut-être le garagiste est-il passé quand même… En tout cas, Pénélope n'a pas de souci à se faire, la voiture démarre au quart de tour.

Le lendemain matin, le temps était toujours aussi radieux. Ils étaient tous assis autour de la table de la terrasse lorsque deux motards stoppèrent devant le portail.

— Mademoiselle Martin Pénélope ? C'est ici ?

— À la maison d'à côté. C'est à quel sujet ?

— Elle a eu un accident de voiture.

— Elle est blessée ?

— Oui.

Silence.

— C'est grave ?

— Vous êtes de la famille ?

— Non.

— Elle est décédée pendant son transfert à l'hôpital.

XXIX

« TRAGIQUE ACCIDENT SUR LE PONT LORROIS »

« Hier matin, aux environs de six heures trente, une voiture beige métallisé, de marque Toyota, immatriculée dans le Morbihan, circulait sur le pont Lorrois, en direction de Lorient. À cette heure matinale, le trafic est fluide. Pour une raison inconnue, la voiture a quitté la voie de droite, s'est déportée sur la gauche et a heurté violemment la rambarde de protection. Alertés par un automobiliste, les secours sont arrivés très vite sur les lieux de l'accident. D'après les papiers trouvés sur place, la conductrice, gravement touchée par le choc, serait Pénélope Martin, demeurant à Belz, chemin de Ker Bihannig. Malgré les soins qui lui ont été immédiatement prodigués, elle a succombé à ses blessures pendant son transfert à l'hôpital.

Toute personne ayant assisté à l'accident ou susceptible de donner des informations est priée de se faire connaître à la gendarmerie d'Étel. »

Après avoir lu tout haut, Anne-Marie reposa le journal sur la table. Autour de la table, les mines étaient consternées.

— Je n'arrive pas à y croire ! murmura Anne-Marie.

Pensif, Vincent jouait avec la ceinture de son peignoir éponge.

— Il y a quelque chose que je ne comprends pas ; c'est cette affaire de panne.

— Moi, ce que je comprends, coupa Margot d'un air sombre, c'est que cette maison est maudite.

— Est-ce que tu pourrais, juste une minute, considérer les choses objectivement, dit Vincent, agacé.

Il se leva de table, fit quelques pas avant de se rasseoir.

— Avant-hier matin, Pénélope ne peut pas faire démarrer sa voiture. Le soir, je fais un essai, ça démarre normalement. Hier matin, elle prend sa voiture, elle a un accident, quelques minutes après être partie.

— Moi, dit Jean-Luc, ce qui m'étonne, c'est l'heure de l'accident. Jamais Pénélope ne partait aussi tôt. Six heures trente du matin, ce n'est pas une heure pour aller au bureau. D'autant qu'elle avait dû se coucher tard puisque…

Il n'eut pas le temps d'achever. Une camionnette de la gendarmerie stoppa devant le portail., Tous les quatre, comme hypnotisés, regardaient deux gendarmes descendre de la camionnette, comme quelques jours plus tôt… Gabriel… Pénélope… un mauvais film qui se répétait.

Les gendarmes, des nouveaux, un grand du genre échalas avec un air de croque-mort et un petit blond à l'air rigolard, paraissaient presque ennuyés de les déranger.

— Vous n'avez vraiment pas de chance. Il paraît que vous avez déjà eu affaire à nos collègues à propos de l'affaire Gabriel Martin. Mais, cette fois, encore, vous êtes parmi les derniers à avoir vu Pénélope Martin vivante.

— Pas tout à fait exact, fit Jean-Luc. Nous l'avons vue avant-hier matin. Elle est venue nous demander si on pouvait la conduire à son bureau parce que sa voiture était…

— En panne, je sais.

Jean-Luc ignora l'interruption et poursuivit :

— D'autres personnes l'ont vue après nous, ses collègues de bureau, je suppose. Et le soir même, elle devait passer la soirée avec des amis…

— Avec un ami, rectifia le petit blond, je sais. L'ami a déjà été interrogé. Ils ont passé la soirée dans une discothèque ; ensuite, il l'aurait raccompagnée vers minuit. Vous avez dû entendre la voiture ? C'est tranquille ici ; un bruit de voiture, dans la nuit, ça se remarque…

— Nous n'avons rien entendu du tout.

La tête de croque-mort notait imperturbablement. Le petit blond revint à la charge :

— Il paraît qu'elle a téléphoné à son garagiste. Elle vous avait laissé sa clé de voiture. Vous l'avez vu, le garagiste ?

— Non. Il n'est pas venu.

— Je sais, fit le petit blond. C'est ce qu'il nous a dit.

— Puisque vous le savez, pourquoi nous le demander ? fit Vincent qui sentait l'énervement monter.

Derrière le dos du gendarme, Margot lui faisait signe de se calmer. Le petit blond se retourna, et il ne rigolait plus du tout :

— Si vous avez des choses à dire à votre mari, Madame, mieux vaut le faire franchement parce que…

Anne-Marie sentit qu'il était temps de s'interposer.

— Peut-être pouvez-vous comprendre que nous avons des raisons d'être un peu nerveux. Nous avions beaucoup sympathisé avec notre voisine…

— Comme avec son oncle. On dirait que ça ne leur porte pas chance… fit le petit blond.

Le ton était neutre pourtant, sans doute parce qu'il avait les nerfs à vif, Vincent crut y déceler un sous-entendu.

— Que voulez-vous dire ? Pénélope Martin a eu un accident de voiture. En quoi en sommes-nous responsables ?

— En rien. Ne vous fâchez pas, fit le petit blond. Mais, voyez-vous, on s'informe parce que c'est un drôle d'accident…

XXX

Comment les enfants font-ils pour deviner ce qu'on ne leur dit pas ? Le temps où l'on allait dire bonsoir à Théodore, comme cela paraissait loin déjà... Gabriel ? On évitait d'en parler.

— Ce soir, je veux aller faire un coucou à Pénélope.

— C'est impossible, ma chérie, elle est en voyage.

— Elle reviendra ; dis, Maman, elle reviendra ?

— Bien sûr, ma chérie.

— C'est pas vrai ! s'écria Nicolas, avec des larmes dans la voix. Moi, je sais que c'est pas vrai !

Ce fut la dernière fois qu'il fut question d'aller dans le jardin d'à côté. Ni Annick ni Nicolas ne parlèrent plus d'aller dire bonsoir à Pénélope. Sans qu'on leur ait rien dit. Ils avaient tout compris. À la manière des enfants.

— Ce que je supporte le moins, dans notre situation, dit Margot à Vincent, c'est que les enfants sont tristes. Ils ne le disent pas mais ils sont tristes.

— Ça ne va pas durer. Tu vas voir, nous allons pouvoir rentrer bientôt.

La convocation arriva deux jours plus tard. Ils étaient invités, ensemble, à venir indiquer les circonstances dans lesquelles ils avaient, les uns et les autres, vu Pénélope Martin, la veille de son accident. Ils furent reçus par les mêmes gendarmes qui les avaient déjà interrogés quelques jours auparavant.

— Eh bien, nous sommes de vieilles connaissances ! dit le brigadier, visiblement désireux de dégeler l'atmosphère. Je ne vous garderai pas longtemps. Il s'agit seulement de recouper certains détails.

Ils répétèrent, chacun à leur tour, ce qu'ils avaient déjà dit. Peu à peu, les questions se firent plus précises.

Ce qui intéressait le brigadier, c'était l'état de la voiture.

— Au fond, si je vous comprends bien, dit Jean-Luc, vous êtes comme nous, assez perplexes devant cette panne de voiture ?

— C'est cela, fit le brigadier. Donc, mademoiselle Martin était venue vous demander de l'aide parce que sa voiture ne démarrait pas.

Le gendarme avait visiblement une idée derrière la tête.

— Une question, fit-il, prenez le temps de réfléchir avant de répondre, est-ce que, à votre avis, c'est une pure supposition, est-ce qu'à votre avis, Pénélope Martin aurait pu mettre elle-même sa voiture en panne ? Est-ce qu'elle aurait pu vous jouer la comédie ?

Ils se récrièrent en chœur.

— Elle était sincèrement très ennuyée, affirma Anne-Marie. Elle avait, paraît-il, un travail urgent à finir.

Margot renchérit :

— Et puis, jouer la comédie, ce n'était pas son genre. Même si elle avait voulu, elle n'aurait pas su.

Le gendarme se leva.

— Bien, je ne vais pas vous retenir plus longtemps. Ah, avant de vous libérer, je vais vous demander de vous prêter à une petite formalité. On va recueillir vos empreintes digitales.

Il y eut un silence de stupéfaction. Ils étaient quatre à regarder les deux gendarmes, à ne pas croire à ce qu'ils venaient d'entendre.

Jean-Luc, le premier, recouvra son souffle :

— Est-ce que l'on peut vous demander la raison de cette petite formalité, comme vous dites ?

— Ne croyez pas que je vous en veuille…

— On le croirait à moins !

— Il ne faut pas. Nous avons fait la même chose avec toutes les personnes que mademoiselle Martin a vues la veille de l'accident. Et, croyez-moi, c'est un surcroît de travail dont on se serait bien passé. Avec la circulation et les petits délits qui explosent en période estivale, nous sommes surchargés. Mais, comme je le dis souvent, fit le brigadier en soupirant un peu trop lourdement, dans une enquête, tout est important. Une enquête, c'est un gros travail, un très gros travail.

— Je comprends que vous crouliez sous la besogne, fit Jean-Luc, avec une ironie à peine feutrée, si vous relevez les empreintes de tout l'entourage pour chaque accident de la route…

Le brigadier ne releva pas l'ironie.

— C'est que, dit-il posément, il n'est pas sûr que ce soit un accident. On a envoyé le véhicule de mademoiselle Martin au laboratoire technique. Il semblerait que sa voiture ait été… comment dire… un peu bricolée. Quand je dis bricolée… On a trouvé que la direction était bizarre, très bizarre.

XXXI

Qui parlait encore de passer des vacances normales ? Même Anne-Marie, qui avait l'optimisme chevillé au corps, avait renoncé à faire semblant de passer un bel été. Il fallait occuper les enfants à coups de baignades quotidiennes. On les emmenait faire des courses sur les marchés ou dîner dans les restaurants des environs avec "permission de se coucher tard". Une vraie fête qui, en d'autres temps, les aurait fait hurler de joie et qui, à présent, ne les déridait pas tout à fait. Mais arrivait, forcément, l'heure où il fallait rentrer et, au bout du jardin, la petite maison, avec ses volets définitivement clos, projetait comme un voile de tristesse sur Ker Bihannig. On était venu enlever la caravane. Du coup, on avait retrouvé la vue panoramique sur "la petite mer". Étrangement, cela ne faisait plaisir à personne. Et pourtant, à l'heure bénie des divinités de la mer où les soleils couchants illuminaient les eaux de la ria, tout parlait de bonheur et de sérénité.

— Quand je pense, soupirait Margot, que c'est moi qui ai choisi cette maison ! J'étais si fière d'avoir découvert la perle rare, l'endroit où l'on a envie de revenir tous les étés. Et maintenant, je n'ai qu'une envie, c'est rentrer au plus tôt.

Il s'avéra qu'il ne fallait pas songer à partir.

— Disons, pas tout de suite, répondit-on à la gendarmerie lorsque Jean-Luc téléphona pour s'informer.

Il n'obtint que des réponses laconiques : l'enquête suivait son cours.

— Laquelle ?

— Les deux.

Anne-Marie fut convoquée un matin, seule. Au retour, on la questionna :

— Qu'est-ce qu'on t'a demandé ?

— Rien, sinon de répéter ce que nous avons déjà dit. Mais…

— Mais ?

— Mais, j'ai quand même une information. La gendarmerie a réussi à joindre Basile Martin et sa femme et à leur apprendre le décès de Gabriel. Ces deux-là non plus n'ont pas la fibre familiale très développée. Ils ont refusé d'écourter leur périple pour assister aux obsèques. Ils rentrent à la date prévue.

— C'est-à-dire ?

— Dans une dizaine de jours.

— Dix jours à attendre pour leur dire ce que nous pensons de leur location ; c'est long !

— C'est ce que j'ai dit aux gendarmes.

Une nouvelle convocation arriva à l'adresse de Vincent.

— Une simple vérification, dit le brigadier en l'accueillant. Je voudrais que vous me donniez le détail de votre emploi du temps, la veille de l'accident.

Et les questions recommencèrent. Les mêmes. Que s'était-il passé le matin ? À quelle heure avait-il conduit mademoiselle Martin à Lorient ? Où l'avait-il déposée ? Était-il rentré directement ? À quelle heure ? Qu'avait-il fait ensuite ? Avait-il pris contact avec le garagiste ?

— Non, répondit Vincent. De quel droit l'aurais-je fait ? Ce n'était pas ma voiture.

Il commença à s'inquiéter lorsqu'on revint au point de départ.

— Bien. Résumons, reprit le brigadier. La veille de l'accident, le matin, la voiture est en panne. Or, le garagiste est formel : il n'est pas intervenu. Donc, en principe, personne n'a touché au véhicule. Et le lendemain, à la première heure, la voiture marche.

— Bien avant le matin, s'écria Vincent. Le soir même, voyant que le garagiste ne s'était pas dérangé, je suis allé voir si on pouvait faire quelque chose. Comme vous le savez, nous avions la clé. J'ai mis le contact et le moteur s'est mis à tourner tout à fait normalement !

Le brigadier ouvrit la bouche comme pour parler et se tut. Son acolyte s'était arrêté de pianoter sur son clavier.

— Qu'est-ce qu'il y a ? demanda Vincent. J'ai dit quelque chose d'important ?

Cela en avait tout l'air. Vincent attendit une réponse qui tardait à venir. Dans l'expression de son interlocuteur quelque chose venait de changer.

— Je suis heureux que vous me l'ayez avoué spontanément parce que…

— Avoué ! s'exclama Vincent, abasourdi. Qu'est-ce que vous voulez dire ? Qu'est-ce qu'il y a ?

— Il y a que les résultats de l'examen du véhicule nous sont parvenus. Les conclusions du laboratoire technique sont sans appel : le véhicule a été volontairement – je dis bien volontairement – mis en panne. Je vous passe les détails trop techniques. Les organes de direction et de transmission ont été sabotés de manière que le conducteur, la conductrice en l'occurrence, perde le contrôle de sa voiture. Et sur cette voiture, on n'a relevé que deux types d'empreintes, celles de Pénélope Martin et les vôtres.

XXXII

— Tu ne crois quand même pas qu'on te suspecte ?

— J'ai bien peur que si !

— C'est insensé ! dit Anne-Marie.

Jean-Luc décroisa lentement ses longues jambes et se leva.

— Tout ce qui se passe dans cette maison est insensé.

— Je vais mettre le couvert, dit Anne-Marie. Où est Margot ?

— Elle retape le lit des enfants.

— Tu lui as raconté ton audition ? Comment a-t-elle réagi ?

Vincent était soucieux.

— Assez bien ; en apparence. En réalité, je crois qu'elle est très affectée.

Ils s'interrompirent en voyant Nicolas déboucher de l'escalier en criant :

— Papa ! Papa ! Viens vite ! Venez vite tous, Maman…

— Maman ? Qu'y a-t-il ?

— Maman, elle pleure !

Ils se précipitèrent. Dans la chambre d'Annick,

Margot pleurait silencieusement devant le placard ouvert où, tout en haut, sur son étagère, trônait la poupée aux yeux de verre.

— Elle est revenue, murmura-t-elle.

Elle ravala un sanglot et s'effondra dans les bras de Vincent.

— Elle est revenue… toute seule…

— Qu'est-ce tu racontes ?

Elle raconta. Cette famille juive à laquelle elle ne pouvait s'empêcher de penser. Le drame, cette petite fille assassinée dont le souvenir la hantait. Le placard aux jouets, cette poupée qui la fascinait d'horreur, qui avait disparu et qui, comme par enchantement, avait retrouvé sa place…

— Je crois que je deviens folle !

Vincent scruta avec inquiétude le visage défait de sa femme.

— Tu ne deviens pas folle, mais j'avoue que c'est étrange.

Peu à peu, Margot recouvrait un peu de sérénité.

— Ça ne peut plus durer, fit Jean-Luc, il se passe trop de choses bizarres dans cette maison. Cela devient inquiétant…

Il se tut, un doigt sur les lèvres : Annick et Nicolas revenaient voir si Maman allait mieux et, puisqu'elle était consolée, si, après le dîner, tous ensemble, on ferait une partie de Monopoly.

Le soir, le dessert terminé, la partie de Monopoly expédiée, les enfants couchés, eut lieu le premier des conciliabules que Jean-Luc appela, par la suite, les réunions “Hercule Poirot”.

— Voilà, la démarche, dit-il. Nous imaginons que nous sommes les personnages d’un roman d’Agatha Christie. Nous allons, comme Hercule Poirot, faire fonctionner nos “petites cellules grises”. Et, pour commencer, récapituler tout ce qui, depuis notre arrivée, entre dans la rubrique “bizarreries”. On fait l’impasse sur les pelouses défoncées ; nous savons maintenant que les Martin, de père en fils, cherchent un magot – réel ou imaginaire – enterré dans leur jardin. Pour le reste…

Pour le reste, on n’avait que l’embarras du choix.

Anne-Marie commença par le comportement de Gabriel : un peu gâteux par moments, parfaitement normal la plupart du temps. Plus d’une fois, cela les avait étonnés.

— Pour moi, dit Jean-Luc, c’était un simulateur ; j’en suis certain. J’en veux pour preuve son soudain intérêt pour la peinture. Demander à voir de près des tableaux qu’il doit connaître par cœur puisqu’il a vécu dans cette maison, ce n’était pas vraisemblable. J’étais sur la terrasse pendant que Vincent lui faisait faire le tour du salon. Je l’entendais s’exclamer, s’extasier. Ça sonnait faux. Il jouait la comédie.

— Mais pourquoi ?

Personne n’avait la réponse.

— Et moi, dit Vincent, je pense qu’il a lâché une remarque essentielle le jour où, pendant que le motoculteur marchait dans le jardin de Pénélope, il a dit : « Elle cherche mais elle ne trouvera pas. » Pénélope pensait qu'il avait appris quelque chose, Quoi ? Et si c'était à cause de cela qu'on l'a supprimé ?

— C'est plausible, dit Anne-Marie.

Margot rappela les alertes nocturnes, la première surtout où l'on avait cru qu'Annick avait fait un cauchemar.

— Annick n'aurait pas pu décrire cette poupée si elle ne l'avait jamais vue, reprit Jean-Luc, Margot a raison quelqu'un était entré dans sa chambre. Ce n'était pas Gabriel ; rappelez-vous, il ronflait dans sa caravane. Et ensuite, il y a cette poupée qui disparaît et réapparaît. Elle m'intrigue, cette poupée…

— Et si nous allions la chercher, souffla Margot – elle avait dit cela presque timidement – depuis des jours, j'ai envie de la regarder de près mais je n'ose pas ; c'est comme si j'en avais peur.

— J'y vais, dit Vincent.

— Fais doucement, pour ne pas réveiller Annick.

Vincent revint, posa la poupée sur la table.

— C'est normal, qu'elle ait une jambe plus longue que l'autre ?

Margot s'approcha, retroussa les volants de la robe. Une des jambes articulées pendait, à demi détachée du corps. Elle tira un peu, la jambe lui resta dans la main.

— Elle a été abîmée, cette poupée, dit Anne-Marie, les petites filles peut-être ?

Elle avait dit cela sans conviction, comme si elle n'y croyait pas.

— Non, fit Margot, elles n'avaient pas le droit d'y toucher. Madame Alban me l'a dit. Mais cette poupée, moi, je l'ai manipulée, il y a quatre ou cinq jours et, j'en suis sûre, elle était intacte.

Anne-Marie, Jean-Luc et Vincent regardaient Margot dont les mains tremblaient légèrement, avec, pour tous les quatre, l'impression d'avoir mis le doigt sur quelque chose d'important.

— Tu veux dire que les deux jambes étaient parfaitement normales ? Tu en es sûre ?

— Certaine.

— Parce que, si tu en es sûre, dit Jean-Luc, si on a récemment touché à cette poupée, au point de la démantibuler, cela débouche sur une certitude – qui n'est pas rassurante d'ailleurs – c'est que quelqu'un, à notre insu, va et vient dans cette maison.

XXXIII

Une nouvelle convocation arriva le lendemain. Vincent était prié de se présenter mais, cette fois, à l'unité de recherches de Lorient. Les choses prenaient un nouveau tournant. Cela devenait grave. Il le comprit tout de suite lorsque débuta l'interrogatoire.

Deux gendarmes, des nouveaux qu'il n'avait encore jamais vus, se relayaient pour poser les questions. On lui fit raconter encore, par le menu, où et quand il avait vu Gabriel pour la dernière fois ; même chose pour Pénélope. Pendant qu'il répétait, en veillant à garder son calme, ce qu'il avait déjà dit à plusieurs reprises, il sentait monter l'inquiétude.

— On essaie de me faire trébucher, pensa-t-il, de m'amener à me contredire. Mais qu'est-ce qu'ils peuvent bien avoir derrière la tête ?

La tactique aussi différait des précédents interrogatoires. On ne dissociait plus les deux affaires. On cherchait ce qu'elles avaient en commun.

— Faisons le point, dit l'un des gendarmes. Pour Gabriel Martin, le meurtre ne fait aucun doute. Les résultats de l'autopsie sont formels : mort par strangulation…

— Évidemment, puisqu'il s'est pendu !

— Non, monsieur Hermelin. Il n'est pas mort étranglé par la cordelette installée sur l'arbre. La strangulation a été effectuée au moyen d'un lacet coupant, probablement métallique, qui a fortement entamé les chairs au niveau cervical. De plus, il a reçu des coups. Le légiste a relevé des traces d'ecchymoses sur les bras et sur le visage. Gabriel Martin a dû se débattre. En tout cas, il était mort quand on l'a pendu.

— C'est horrible ! Et dire que, pendant ce temps, nous dînions tranquillement au restaurant…

— Pas forcément. D'après le légiste, la mort se situe approximativement entre vingt-trois heures et cinq heures du matin. Vous étiez rentrés. Vous maintenez que, pendant la nuit, vous n'avez entendu aucun bruit ?

— Aucun bruit ; je l'ai déjà dit.

Vincent se força à soutenir sans broncher le regard insistant de ses interlocuteurs.

— Passons à Pénélope Martin. On a maquillé le crime en accident. Mais il s'agit bien d'un crime. Vous savez par mes collègues que la direction de la voiture a été sabotée.

« Ils vont me sortir l'histoire des empreintes », pensa Vincent.

Comme s'il lisait dans ses pensées, le gendarme enchaîna :

— Et comme vous le savez aussi, on retrouve vos empreintes sur le véhicule.

— Ce qui est normal, coupa Vincent, puisque…

Le gendarme fit un geste conciliant.

— Ce qui est absolument normal puisque vous êtes passé, dans la soirée, voir si vous pouviez faire quelque chose. Mais, à ce moment-là, quand vous êtes allé tester la batterie – c'est bien ce que vous avez fait, n'est-ce pas ? – vous ne vous êtes pas aperçu que quelque chose clochait dans la direction ?

— Minute, fit Vincent. C'était après le dîner. Si on a trafiqué la direction, l'après-midi, pendant que nous étions à la plage, je ne pouvais pas m'en apercevoir. Parce que, le soir, je n'ai fait que mettre le contact et faire tourner le moteur.

— C'est juste, dit le gendarme, presque à regret.

Il jouait pensivement avec son stylo. Son collègue, assis près de lui, n'ouvrait plus la bouche.

— Voyez-vous, reprit-il, ces deux crimes ont un point commun, c'est qu'ils ont été, l'un exécuté, l'autre préparé au même endroit. Qui a tué Gabriel Martin ? Nous ne le savons pas. Mais où ? Dans votre jardin. La voiture de Pénélope Martin ? Panne de batterie le matin, réparée le soir. Par qui ? Qui a trafiqué la direction ? À quelle heure ? Nous ne le savons pas. Pas encore. Mais cela s'est passé dans la cour, mitoyenne de votre jardin, où la voiture est restée garée toute la journée. Pour ainsi dire, dans la maison dont vous êtes, pour le moment, les seuls occupants. Contrairement à ce que vous avez l'air de croire, nous ne sommes pas en train de vous persécuter, ni vous personnellement ni vos amis, mais c'est un élément dont nous devons tenir compte.

— Moi, si j'étais vous, dit Vincent, je me poserais la question classique : « À qui profite le crime ? ». Nous n'avons rien à voir avec les Martin. Nous n'avions jamais entendu parler d'eux avant de louer cette maison. Si j'ai bien compris, l'unique survivant de la famille, le seul héritier, c'est ce Basile Martin. C'est, à mon avis, le seul à pouvoir vous aider. Manque de chance, on n'arrive pas à le joindre.

— Mais si, mais si. Il a été localisé, assez facilement, il y a plusieurs jours. Le consulat de Chen-Yang a même réussi à le joindre au téléphone. Il rentre dans une dizaine de jours. Comment voulez-vous qu'on le mette en cause alors que sa femme et lui voyagent depuis un mois du côté de la Mongolie ?

Suivirent un court silence puis le léger choc du stylo que le gendarme avait laissé tomber. Quelqu'un venait de le ramasser. Vincent se retourna : derrière lui, un troisième gendarme se tenait devant son écran d'ordinateur. Dans la tension du moment, Vincent ne l'avait même pas remarqué. Il respira à fond et reprit :

— Attendez. Bon. J'entre dans votre jeu. Nous sommes, ma femme, mes amis et moi-même, d'horribles assassins – c'est une supposition, d'accord ? Ne vous attendez pas à ce que je vous signe des aveux, c'est bien entendu ?

— Bien entendu.

— Alors, une question, une seule ? Pourquoi ? Pour quel motif ? Dans toutes les affaires d'assassinat, il y a un motif. Mais nous, quelle raison aurions-nous eu d'attenter à la vie de Gabriel Martin et de sa nièce Pénélope ?

Le gendarme avait repris son jeu exaspérant, faire rouler son stylo entre ses doigts, d'une main à l'autre.

— On ne sait jamais... Imaginons – là aussi, c'est une supposition – mais, parfois, les suppositions débouchent sur des pistes intéressantes... Imaginons que, vous aussi, tout d'un coup, vous vous soyez pris d'intérêt pour ce magot enfoui dans le jardin...

— Ne me dites pas que vous prenez cette histoire au sérieux !

— Pourquoi pas ? La chasse au trésor, cela a toujours existé. En ce moment, c'est même très à la mode. Je vous accorde que les chasseurs de trésor ont plutôt tendance à chercher au fond des mers qu'à fouiller dans les plates-bandes des jardins ; mais on voit de tout. En plus de l'appât du gain, c'est une passion. On peut tuer pour ça. Cela s'est vu.

XXXIV

— C'est du délire ! dit Anne-Marie.

Ils avaient écouté le récit de Vincent sans l'interrompre. Contrairement à Margot et Anne-Marie, Jean-Luc affichait une sérénité rassurante.

— On les laisse délirer. Nous avons affaire à des gens à qui il faut des suspects à tout prix. Maintenant, on prend l'affaire en main. À partir de maintenant, nous menons notre propre enquête : réunion Hercule Poirot après le dîner !

— Non, tout de suite ! dit Margot.

C'était l'heure où, d'ordinaire, après un déjeuner buffet froid, on s'accordait une petite sieste avant de repartir pour la plage. Mais, aujourd'hui, personne ne songea à contrarier Margot.

— Tu as raison, dit Anne-Marie, on n'a plus de temps à perdre.

— On commence par une question basique, dit Jean-Luc, une question qui commande tout le reste. Qui, à part nous, peut entrer dans cette maison assez facilement pour que nous ne nous en apercevions pas ?

Les réponses fusèrent en même temps : les propriétaires des lieux, Basile Martin et sa femme, Céline.

— Mais ils sont en Chine…

— En est-on sûr ?

— Bonne question. J'y avais pensé, figurez-vous, dit Vincent. Et même pendant qu'on m'interrogeait, j'ai suggéré qu'on s'intéresse à eux. Mais, d'après les gendarmes, aucun doute, ils sont bien en voyage. On les a joints par téléphone. Inutile de creuser cette piste-là.

— Alors qui ?

On savait que les Martin n'employaient aucun personnel de maison. Dès leur arrivée, Margot avait cherché à savoir si on pouvait employer la femme de ménage des propriétaires. Pénélope s'était récriée :

— Une femme de ménage, eux ! Basile compte jusqu'au moindre sou ; sa femme, c'est pareil. Ils sont bien assortis. Des grigous comme on en voit peu !

Restait un seul nom : Admer. Lui, avait la clé du portail. Peut-être aussi avait-il la clé de la maison…

Admer se fit un peu prier pour accepter un rendez-vous le soir même :

— Si c'est pour le jardin, je vous l'ai déjà dit, je n'ai pas un moment de libre. Venez plutôt samedi. Urgent ? Rien que ça ! Bon, si vous y tenez…

Vincent trouva Admer, assis à la table de sa cuisine, mine renfrognée, en train de siroter un breuvage fumant. Il prit la chaise qu'on ne lui offrait pas.

— Il faut qu'on parle.

— Si vous voulez, dit Admer, de mauvaise grâce.

Vincent le regarda. Admer… sa tignasse en désordre, son regard bleu qui ne vous lâche pas, droit dans les yeux…

Pas vraiment une tête d'assassin…

— Alors, dit Admer, on parle de quoi ?

Vincent prit son souffle.

— Est-ce vous qui avez tué Gabriel et Pénélope ?

Admer ne chercha même pas à cacher son amusement.

— Vous êtes du genre sympa, vous ! Droit au but. On ne perd pas de temps. C'est bien, ça me plaît.

— Vous ne m'avez pas répondu.

— Qu'est-ce que vous voulez que je vous réponde ? Vous ne croyez même pas vous-même à votre question.

Admer s'était déridé. Il prit le temps de faire tomber une cuillerée de sucre en poudre dans sa tasse.

— Je vous en verse une tasse ?

— Qu'est-ce que c'est ?

— Du thé noir, à la menthe.

— Je veux bien.

C'était âcre, brûlant.

Vincent se mit à boire prudemment, à petites gorgées.

— D'après les gendarmes, reprit-il, il faut chercher du côté de celui ou de ceux qui veulent dénicher le magot enfoui à Ker Bihannig. Après tout, vous étiez dans le coup, vous aussi, vous aidiez Pénélope ?

— C'est elle qui vous l'a dit ?

— Pas besoin qu'elle le dise. C'était évident. Elle vous a proposé un arrangement ?

— Oui. Dès qu'elle a pris possession de la maison, elle a commencé à chercher. Au début, elle creusait un peu partout, au hasard ; avec une bêche. De l'amateurisme. Moi, j'ai un motoculteur. On a rationalisé le travail et on a mutualisé les gains, enfin les gains potentiels ; fifty-fifty.

— Et avec son cousin ?

— Basile ? C'est vrai que, là aussi, je m'occupe du jardin. Mais avec Basile, c'est une autre paire de manches. Il est méfiant, près de ses sous. Pas question de toucher au jardin hors de sa présence, sauf pour tailler les rosiers. Si, par hasard, je dis bien par hasard, je tombe sur un trou suspect, le bon endroit, si la piste est bonne, si on trouve quelque chose, j'ai dix pour cent, un point c'est tout. J'ai accepté.

Vincent était songeur.

— Donc, vous êtes comme les gendarmes, vous y croyez, vous aussi, à cette histoire de trésor caché…

— J'y crois… sans y croire, reconnut Admer. Mais, d'après les vieux du pays, c'est une histoire qui tient la route. Quant aux Martin, jeunes ou vieux, ils ont toujours été persuadés qu'un jour ou l'autre, ils mettraient la main sur le magot. Moi, je me contente de donner un coup de main, je ne prends aucun risque. Qu'est-ce que j'ai à perdre ?

Vincent vida sa tasse d'un coup.

— En fait, dit-il, j'étais venu pour vous demander tout autre chose. Oui, nous sommes quatre plus les enfants ; cela nous simplifierait les choses si nous pouvions aller et venir sans nous attendre les uns les autres. Pourriez-vous nous prêter la clé de la maison ?

— Une clé de la maison ! s'exclama Admer. On voit bien que vous ne connaissez pas Basile ! Méfiant comme il est, jamais il ne laisserait personne entrer chez lui ! Je n'ai jamais eue la clé de la maison. D'ailleurs, je n'en ai aucun besoin, je n'ai rien à faire à l'intérieur.

XXXV

— Il était sincère, j'en suis convaincu, dit Vincent en rentrant de son entrevue avec Admer.

— Qu'est-ce que tu espérais ? Qu'il te dise « oui, c'est moi l'assassin ; allons ensemble à la gendarmerie ! »

Cette agressivité, cette ironie, ce n'était pas dans les habitudes de Margot. Il était clair qu'elle était à bout de nerfs, tout le monde le savait. Jean-Luc intervint, conscient qu'il était temps de calmer le jeu :

— De toute façon, nous avons intérêt à procéder par étapes. Pour le moment, nous cherchons quelque chose de précis : qui peut entrer librement ici ? C'est là-dessus qu'il faut se concentrer.

Anne-Marie avait une idée :

— Je pense à quelqu'un. Rappelez-vous, un jour que Pénélope dénigrait son cousin Basile…

— Elle le faisait constamment !

— Oui, mais ce jour-là, elle me parlait de chasse, d'un copain de Basile, un voyou avec qui il tirait au fusil sur les espèces protégées. Je me rappelle qu'elle l'avait appelé « l'âme damnée » de Basile, « son alter ego ». Cela m'avait amusée parce que Pénélope n'était pas coutumière de ce genre d'expressions.

— Tu te rappelles le nom du copain ?

— Son prénom. Il me semble que c'était Rémy.

— C'est vague.

Heureusement, il y avait Marion, sa gentillesse, sa grand-mère qui "était du coin et qui connaissait tout le monde".

Usant de mille précautions pour ne pas dévoiler le but de la recherche et en inventant une histoire de menus travaux à effectuer sur le portail, Margot obtint le renseignement en moins d'une heure. L'âme damnée de Basile Martin s'appelait Rémy Le Guer. Il avait mauvaise réputation, chapardeur, paresseux, vivant d'activités diverses, plutôt louches. Il habitait, en principe, dans le village de Plouhinec, dans une masure, quelque part du côté de la pointe de Beg Er Vil.

— Je ne suis pas sûre du nom, dit Margot, mais je n'ai pas voulu insister de peur de montrer que c'était important.

Jean-Luc alla chercher une carte. Quand il la replia, son plan était prêt.

— Repos pour tout le monde et, à cinq heures, départ. Direction le pont Lorrois. Pour une excursion que nous n'avons encore pas faite. Juste après le pont, il y a le "Vieux Passage"...

— Qu'est-ce que c'est ?

— Je ne sais pas. Et juste après, démarre un sentier côtier avec vue superbe sur l'autre rive de la ria, du côté de... Plouhinec.

Deux heures plus tard, Jean-Luc garait le quatre-quatre sur le parking.

— Tout le monde descend.

Le ciel s'était assombri, l'humeur des enfants aussi. Ils étaient grincheux, rechignaient à la perspective d'arpenter un sentier, fût-il côtier.

— Je ne veux pas y aller, pleurnichait Annick, je veux aller à la plage.

Nicolas, lui, refusa net d'avancer :

— Je peux pas marcher ; j'ai mal à la jambe !

Jean-Luc, d'autorité, lui prit la main.

— Allez, viens, mon bonhomme, tu vas voir, ça va passer en marchant.

Ils commencèrent à avancer en direction du sentier. En file indienne, avec leurs chaussures à lacets, leurs sacs à dos, et leurs appareils photos, ils n'étaient autres que de parfaits touristes. Vincent marchait en tête. À l'entrée du chemin, il se retourna brusquement vers Anne-Marie qui suivait.

— Attention, occupe-toi de Margot ! Qu'elle ne voie pas ça !

Ça, c'était l'écriteau qui indiquait l'entrée du circuit côtier : sentier de Kerpotence.

XXXVI

Une masure, avait dit la grand-mère de Marion. La maison qu'on leur indiqua comme étant celle de Rémy Le Guer, se dressait, entourée de quelques pommiers, dans un enclos en friche, envahi d'herbes folles. C'était un petit corps de ferme traditionnel qui ne manquait pas de caractère avec ses deux fenêtres à linteaux encadrant une porte au seuil de granit et qui aurait pu être une demeure de charme. Mais telle quelle, avec son toit où manquaient des ardoises, avec sa porte de bois à la peinture écaillée, avec son unique contrevent posé à terre sous des ferrures rouillées, elle avait tout d'une maison abandonnée.

— Et maintenant, que fait-on ? demanda Anne-Marie. On frappe à la porte ? S'il ouvre, qu'est-ce qu'on lui dit pour justifier notre visite ? Les menus travaux à effectuer sur le portail, je crains que ce ne soit pas très crédible…

Avant de partir, ils avaient hésité sur la tactique à adopter. On était tombés d'accord que l'important était d'entrer en contact avec le copain voyou, sans savoir vraiment comment on s'y prendrait pour voir "ce qu'il avait dans le ventre", comme disait Vincent. Sans éveiller ses soupçons. Mais pour parvenir jusqu'à la maison, il fallait piétiner les herbes folles, ce qui, de toute manière, allait laisser des traces.

— Alors, dit Jean-Luc, autant y aller tous, en famille ; cela fera plus naturel.

Ils s'approchèrent. Vincent frappa à la porte close, légèrement, puis plus fort, plusieurs fois, sans obtenir de réponse. Jean-Luc se pencha sur une des fenêtres. Il tenta de regarder. Mais à travers les carreaux crasseux, maculés de chiures d'insectes, on ne distinguait pas grand-chose de l'intérieur plongé dans la pénombre.

— C'est Rémy que vous cherchez ?

Ils se retournèrent vers celui qui venait de parler, un homme entre deux âges, en pantalon retroussé et bonnet de pêcheur, qui les regardait, appuyé sur un des piquets de la clôture.

— Mais ça m'étonnerait que vous le trouviez. L'oiseau s'est envolé, comme d'habitude.

— Vous connaissez Rémy Le Guer ? demanda Jean-Luc.

— Un peu ; comme tout le monde ici. Sans indiscrétion, qu'est-ce que vous lui voulez ?

— Nous voulions lui confier des petits travaux.

L'homme s'esclaffa.

— C'est pas le genre à accepter des travaux ; ni des grands ni des petits ! Un poil dans la main et le gosier en pente !

— Tout de même, insista Jean-Luc, nous aimerions lui en parler ; où peut-on le trouver…

Le pêcheur haussa les épaules : on ne savait pas. Personne ne savait.

— Il peut être là pendant un mois ou deux et disparaître, sans crier gare, pendant des semaines. Il est comme ça, Rémy. En ce moment, il ne doit pas avoir envie de se montrer parce que, à ce qu'il paraît, il est criblé de dettes. Je le sais par le facteur qui glisse le courrier sous la porte. Il a des ardoises partout, au supermarché, à la boucherie, au tabac, jusque dans les pharmacies, c'est dire !

Anne-Marie et Margot s'efforçaient de retenir les enfants qui trépignaient d'impatience.

Vincent avait rejoint Jean-Luc, près du pêcheur, lequel, toujours appuyé sur la clôture, semblait enclin à prolonger un brin de causette avec des touristes :

— C'est que c'est un drôle de citoyen, Rémy. On ne sait jamais ce qu'il fait. Rien, la plupart du temps. Tenez, en ce moment, c'est plein de touristes, il doit faire la manche du côté de Carnac ou de La Trinité. En tout cas, pas bien loin, parce que le bateau ne reste pas toujours amarré à la même place.

— Il a un bateau ?

— Pas lui, son copain ; celui qui habite là, fit-il en désignant du menton la rive d'en face. C'est pourtant pas le même genre de type mais, tout l'hiver, ils vont à la pêche ensemble. À ce qu'il m'a dit, le copain est en vacances mais il lui laisse le bateau. Ils sont comme cul et chemise.

— Nous rentrons bredouilles, soupira Margot lorsqu'ils eurent regagné Ker Bihannig.

— Pas du tout, dit Jean-Luc. Le pêcheur a confirmé un point important, à savoir que Basile Martin fait confiance à son vaurien de copain au point de lui laisser la libre disposition de son bateau. Pourquoi pas, aussi, la clé de sa maison ? Ce Rémy Le Guer pourrait bien être celui qui vient rôder à Ker Bihannig...

Tandis que Margot et Anne-Marie emmenaient les enfants prendre leur douche, Jean-Luc, discrètement, attira Vincent à part.

— Il y a quelque chose qui m'a frappé dans les propos du pêcheur, c'est le bateau. Cela pourrait recouper ce que j'ai observé certaines nuits.

— Explique...

— Rappelle-toi, à notre arrivée, vous avez insisté, Margot et toi, pour nous donner la meilleure chambre, celle qui a la vue sur la ria. Tu sais bien que je suis un peu insomniaque...

— Alors ?

— Alors, certaines nuits, il m'est arrivé d'entendre des bruits de moteur, étonnamment proches.

— Il y a beaucoup de bateaux de plaisance sur la ria. On navigue aussi de nuit...

— Oui, mais j'avais l'impression d'un moteur tournant au ralenti et qui s'arrêtait tout près, comme si un bateau s'amarrait, au pied des rochers, en contrebas du jardin.

— Tu en as parlé à Anne-Marie ?

— Oui. Elle n'a jamais rien entendu ; mais elle, dès qu'elle ferme l'œil, elle dort comme un plomb. Je ne vous en ai rien dit pour ne pas ajouter aux angoisses de Margot.

— Tu as bien fait.

Après un dîner tardif, une fois les enfants couchés, il y eut une réunion Hercule Poirot un peu languissante, ce soir-là. Les petites cellules grises avaient du mal à se mettre en route car tout le monde était fatigué. La piste Rémy Le Guer était intéressante. Là-dessus, on était d'accord. Mais, comment lui mettre la main dessus ?

— Autant chercher une aiguille dans une meule de foin, dit Anne-Marie en réprimant un bâillement.

— Pas tout à fait, dit Vincent. Raisonnons : il a disparu de son domicile mais il continue d'errer dans les parages. Question : où pourrait-il se cacher ? Réponse : dans la cabane construite pour tirer les oiseaux. C'est-à-dire dans les bois de Locoal-Mendon.

XXXVII

Dès le lendemain, Jean-Luc, muni de cartes et de guides, organisa l'excursion. Les vacances prenaient un nouveau tournant. Mais étaient-ils toujours en vacances ? Seuls, les enfants y croyaient encore. Ils commencèrent par protester bruyamment en entendant parler de chapelles dont ils avaient pris une large dose, lors d'un après-midi pluvieux, lorsqu'on les avait traînés, aux environs de Belz, visiter Kerclément et Kerdonnerch et, en prime, la fontaine de Kernours.

— On veut pas aller voir des pierres ! On veut aller à la plage !

Ils se calmèrent contre promesse d'un déjeuner dans une crêperie.

— Et puis, ajouta Anne-Marie qui avait l'indulgence des parents par intérim, on ira voir les caches de Cadoudal.

Question attendue :

— C'est qui Cadoudal ?

— C'est quelqu'un qui se cachait des gendarmes.

— Il jouait aux gendarmes et aux voleurs ?

— Si on veut.

Pour Nicolas, la cause était entendue ; si Cadoudal

se cachait des gendarmes, c'était qu'il était du bon côté, celui des voleurs.

Avec Annick, on pouvait tenter une explication un peu plus historique. Anne-Marie se lança :

— Cadoudal était le chef des Chouans.

— Les Chouans, ce sont des ploucs.

— Qui t'a dit ça ?

— Isabelle, la maîtresse.

La maîtresse n'était pas royaliste. On s'en serait douté. Anne-Marie tenta de nuancer, expliqua que Georges Cadoudal se battait avec les paysans, qu'il était un enfant du pays, qu'il était très brave et très courageux, qu'il était devenu un des chefs des royalistes qui se battaient contre les armées républicaines de Napoléon Bonaparte.

— Pourquoi ils se battaient contre Napoléon ?

— Parce qu'ils voulaient garder leur roi, leurs prêtres, leurs églises.

— C'était quand ?

— Il y a un peu plus de deux cents ans.

Annick était rassurée :

— Deux cents ans, ça fait longtemps ; ça n'est pas maintenant.

Jean-Luc avait programmé l'expédition en trois temps : avant le déjeuner, en famille, pour ne pas éveiller de soupçons, visite des monuments intéressants. Ses guides signalaient des fontaines et des calvaires du XVe et du XVIe siècle, comme des joyaux de l'art breton.

Il était en train de photographier le porche de l'église de Mendon lorsque la révolte éclata :

— On s'emmerde ! J'ai faim !

Sursaut. Vincent, furieux, secoua Nicolas :

— Qui t'apprend à parler comme ça ?

— Mais toi, mon chéri, dit Margot, suave, quand tu échanges des mots doux avec Denis Durandel.

Après le déjeuner, dans une crêperie du bourg de Locoal, ils se dirigèrent vers le lieu-dit La Forest. D'après ce qu'avait dit Pénélope, c'était dans ces parages que Basile et son copain Rémy avaient construit la cabane d'où ils tiraient les oiseaux. Là commençait le vieux chemin qui suivait les contours de la pointe et qui portait le nom de Cadoudal.

— C'est maintenant qu'on va jouer à cache-cache dans le jardin de Cadoudal ?

— Ça n'est pas un jardin, ce sont des bois ; c'est par ici, dans des talus qu'il s'était fabriqué des passages, des caches où il a vécu.

— Et les gendarmes ne l'ont pas trouvé ?

— Tant qu'il est resté ici, non.

— Et après ?

Anne-Marie jugea préférable d'éluder la fin du chef royaliste.

— Regarde comme c'est joli, ces bateaux sur la rivière. On se croirait au bord de la mer. On se repose un peu et nous repartons.

C'était, en effet, le moment prévu pour la dispersion. Margot et Anne-Marie rentraient avec les enfants. Jean-Luc et Vincent restaient. Avec ses trouées de landes et de prairies, la forêt de Locoal n'est pas très dense. Mais elle comporte des zones de taillis épais, difficiles à pénétrer. À première vue, Jean-Luc jugea qu'il leur faudrait des heures d'exploration pour tenter de localiser une cabane dans ce fouillis végétal. Découragés avant même d'avoir commencé, ils étaient prêts à repartir en direction du parking lorsque Vincent étouffa une exclamation :

— Regarde !

— Là-bas ?

C'était, à peine visible, au milieu d'un taillis, une bâtisse aux murs chaulés, percés d'ouvertures rudimentaires, un de ces hangars que l'on trouve près des installations ostréicoles. Celui-là semblait désaffecté et il présentait la particularité d'être équipé, sur un des pignons, d'une large échelle, du type échelle de meunier, qui dépassait du toit de tôle ondulée ; et, détail insolite, le haut de l'échelle était protégé par une sorte d'auvent en bois.

— Tu vois à quoi cela me fait penser ?

— Je vois, dit Vincent ; ça ressemble à ces espèces de perchoirs qu'on installe en plein champ, dans le Sud-Ouest, pour chasser la palombe. On va voir de plus près ?

Ils se frayèrent difficilement un passage à travers les taillis. Après quelques enjambées, ils avancèrent plus aisément car on avait élagué les fourrés de manière à ménager une sorte de clairière autour du hangar.

Jean-Luc se baissa pour examiner des branchages jetés à même le sol.

— Cela, ce sont des branches qui ont été coupées récemment.

Ils s'approchèrent, jetèrent un œil par l'une des ouvertures : un sac de couchage étalé sur un lit de camp, un seau près d'une cuvette de plastique ; quelques instruments de cuisine autour d'un butagaz de camping ; de quoi survivre…

— Et viens voir ici !

Vincent avait contourné le hangar. Sur l'arrière, il venait de découvrir un barbecue de fortune fait de deux pierres plates et d'une grille. Il passa un revers de main sur les pierres noircies et balaya du doigt un reste de cendre encore tiède.

XXXVIII

Six heures du soir. Le courant remontait vers le fond de la ria. Vincent hésita : la crique offrait peu d'endroits où se dissimuler. Finalement, il opta pour un coin mi-sable mi-galets, coincé entre deux rochers. Vieux pantalon retroussé jusqu'aux genoux, casquette à visière ; à la main, un engin qui était censé ressembler à une canne à pêche. Avait-il vraiment l'air d'un pêcheur ? On avait fait ce qu'il fallait pour ça…

Il s'installa. Tout était en place. Jean-Luc devait déjà être là-haut, à son poste d'observation, à proximité du hangar. Maintenant, il n'y avait plus qu'à attendre en regardant la mer. Ce n'était pas vraiment la mer ; c'était "la petite mer". À sa droite, la pointe du Verdon, à sa gauche, il apercevait l'église de Saint-Cado… La lumière avait tourné. Finis les moments où chaque découpure de la côte resplendissait sous un soleil radieux. On n'y prenait pas garde mais, déjà, le bel été vous filait entre les doigts… Sur la rive, en face, le ciel se voilait de nuages légers. Il y avait dans cette lumière indécise entre mer et ciel quelque chose de mélancolique qui allait bien au paysage. Ressac de la marée montante sur les galets de la grève. Des nuées d'oiseaux piaillaient d'îlot en îlot. Pourquoi, dans l'instant, cette bouffée de tristesse qui l'assaillait brusquement ? Il ne savait pas. Ou bien il en savait trop. C'était peut-être cela devenir adulte, savoir. Par exemple, qu'il y avait toujours, quelque part, quelqu'un prêt à tuer. Des oiseaux, des petites filles juives, un chien…

Soudain, Vincent tendit l'oreille : un bruit de moteur qui ronronnait, qui se rapprochait. Et qui s'arrêtait. Il vit le canot passer tout près et disparaître, juste derrière le bout des rochers. Il y avait un homme à la barre. Clapotis : le barreur avait dû aborder. Raclement : il tirait le canot sur les galets.

Vincent se retourna du côté du chemin. Un bruit de pas : l'homme grimpait sur les rochers. Le voilà qui apparaissait sur le chemin. Il était de taille moyenne, un peu lourd. Il portait un sac. Il avançait sans se presser, puis il traversa le chemin, sauta sur le talus et disparut dans les taillis.

Vincent attendit quelques minutes par précaution. Mais rien à l'horizon, personne sur le chemin. La voie était libre. L'homme n'était même pas revenu sur ses pas pour s'assurer qu'il n'était pas suivi. Un amateur…

Il ne restait plus qu'à se lever tranquillement, à se diriger le plus naturellement du monde vers le parking. Cinq minutes plus tard, Jean-Luc le rejoignit dans la voiture.

— Alors ?

— Je n'ai pas été assez prudent. Comme je trouvais le temps long, je me suis hasardé un peu trop à découvert. J'ai failli me faire surprendre. Il est arrivé sans faire le moindre bruit. Quand il a surgi des taillis, il s'est arrêté plusieurs minutes pour surveiller les alentours. Puis il a fait deux fois le tour du hangar, lentement. Pour ouvrir, il a tiré la porte d'un coup sec et il s'est plaqué contre le mur. Ensuite, seulement, il est entré. Il se cache, c'est certain.

— Tu as pu prendre une photo ?

— Non. J'étais trop près, c'était trop risqué.

— Tu as pu le voir, son visage ?

— Pas vraiment. Il est mal rasé ou bien il se laisse pousser la barbe.

— Assez pour le reconnaître si tu le croisais dans la rue ?

— Pas sûr ; il n'a pas quitté ses lunettes noires. Il n'est pas grand, pas mince, un peu bedonnant.

— Bedonnant ?

— Oui, je l'ai vu assez longuement de profil.

— Et maintenant, qu'est-ce qu'on fait ?

— On rentre et on recommence demain.

XXXIX

La gendarmerie en disposa autrement. Trois convocations arrivèrent au moment où l'on s'installait pour le petit-déjeuner. Margot et Anne-Marie étaient priées de se présenter “pour complément d'information”, l'une à dix heures, l'autre à onze heures à la gendarmerie d'Étel. De fait, en guise de complément, on les avait fait attendre longuement dans un couloir avant de leur faire répéter leurs précédentes dépositions. Quant à Jean-Luc, il était convoqué à dix-huit heures à la Brigade de Recherches de Lorient.

Il revint tard, juste à temps pour passer à table. Pendant le dîner, devant les enfants, il afficha sa décontraction habituelle mais, après le dernier “bonsoir” à Annick et à Nicolas, il ne chercha plus à cacher une certaine inquiétude :

— J'ai cru que cela ne finirait jamais. On m'a longuement interrogé sur les relations que j'avais pu nouer avec Gabriel, sur nos sujets de conversation, Si j'allais bavarder avec lui dans sa caravane...

— Nous n'y sommes allés qu'une fois, le premier jour, tous ensemble.

— C'est ce que j'ai dit. On n'a pas eu l'air de me croire. On m'a laissé entendre qu'on m'aurait vu entrer dans la caravane…

— Qui, on ?

Jean-Luc fit un geste fataliste.

— Si je le savais… D'ailleurs, je les soupçonne de prêcher le faux pour savoir le vrai. À deux reprises, j'ai cru que j'en avais fini, mais un autre gendarme prenait le relais et les mêmes questions recommençaient. À un certain moment, je me suis demandé si j'allais finir en garde en vue.

Ensuite, on lui avait accordé un moment de répit.

Comme Vincent et Anne-Marie, Margot avait suivi le récit sans l'interrompre mais elle guettait le moment d'aborder ce qui était devenu pour elle une inquiétude de tous les instants.

— Il y a tout de même ces bruits qui nous ont alertés, la nuit ; par deux fois au moins… quelqu'un est entré dans la maison…

— J'allais y venir, fit Jean-Luc.

— J'ai essayé d'en parler, dit Margot, on ne m'a même pas écoutée.

— Moi, dit Jean-Luc, c'est plus grave. On m'a écouté. J'ai évoqué les bruits suspects, j'ai parlé d'intrusions nocturnes. On m'a demandé si nous avions des indices sérieux. J'ai répondu que nous avions mieux que des indices, des preuves. Et quand j'ai parlé de la poupée, alors là, ça a été l'incrédulité totale. Une poupée à laquelle il manquait une jambe, pour les gendarmes, c'était du plus haut comique. L'un d'eux m'a demandé si j'allais continuer à les prendre pour des imbéciles. J'ai jugé prudent de ne pas insister.

Il y eut un silence. Chacun réfléchissait. Le conciliabule reprit dans un certain désordre. On confrontait les points de vue, on était divisé sur la conduite à tenir.

Jean-Luc et Vincent étaient convaincus d'avoir repéré l'endroit où se cachait Rémy Le Guer.

— Admettons, dit Anne-Marie. Et ensuite ? On nous l'a bien dit, c'est un fugueur ; il disparaît de temps en temps. Et, puis, laisser sa maison inoccupée pour aller vivre dans un hangar désaffecté n'a jamais constitué un délit.

— De plus, fit observer Vincent, il n'est pas certain que ce soit lui qui se balade dans la maison. Rappelez-vous la nuit de l'orage, quand nous sommes descendus pour voir d'où venaient les bruits en bas. Qui avons-nous trouvé ? Gabriel. Cela brouille les pistes.

— Les autres nuits, c'était quelqu'un d'autre, affirma Margot.

— Comment le prouver ?

Anne-Marie n'en démordait pas :

— Même si nous parvenons à convaincre les gendarmes qu'on se promène dans la maison à notre insu, même si nous les persuadons que l'intrus est Rémy Le Guer, en quoi cela arrange-t-il nos affaires ? Entre s'introduire clandestinement chez des gens et commettre des meurtres, il y a une différence !

On tournait en rond.

— Faisons le point, dit Jean-Luc. Procédons par ordre. Il y a un type planqué dans un hangar. Première question : qui est-ce ? Il se cache. Deuxième question : pourquoi ? La première chose à faire, c'est de s'assurer que le type est bien le copain de Basile Martin. Il faut qu'on se débrouille pour obtenir un signalement précis de Rémy Le Guer.

XL

— Si je peux vous aider à rencontrer Rémy, peut-être bien. L'hiver, on le voit traîner dans les cafés de Belz. En été, il vagabonde un peu partout dans les environs. Cela dit, il y a un certain temps que je ne l'ai pas vu.

Au téléphone, madame Alban se montrait affable, comme de coutume, mais pas très diserte, surprise surtout, que l'on continue à courir après ce vaurien pour des offres qu'on pouvait proposer à d'autres qui les auraient mieux méritées. Encore plus surprise lorsque Margot, en usant de prétextes qu'elle croyait adroits, tenta d'obtenir une description du personnage. Assez réticente, madame Alban donna quelques détails physiques : Rémy Le Guer était de taille moyenne. Ni gros ni maigre.

— Mais vous le reconnaîtrez facilement, dit-elle, il s'est mis à porter des boucles d'oreilles et un collier. Rien qu'en le voyant, on comprend à qui on a affaire.

Seule précision notable, il portait ses cheveux très longs en une sorte de chignon volumineux. Ce qui, manifestement, était, pour Suzanne Alban, un détail rédhibitoire.

— Une énorme queue-de-cheval ! Vous vous rendez compte ! À son âge !

Margot remercia et n'insista pas. La moisson de renseignements était maigre. Vincent sortit son joker :

— Je vais retourner voir Admer.

Sa récente rencontre avec le patron de l'entreprise de jardinage avait été plutôt tendue, Jean-Luc le lui rappela. Vincent admettait que cela avait mal commencé.

— Mais, fit-il, ça s'est très bien terminé. Je l'appelle tout de suite.

Admer, ce jour-là, travaillait du côté d'Étel. Trouver un moment à l'heure du déjeuner ? Oui, il pouvait :

— Mais en vitesse, hein ? J'ai juste une demi-heure pour manger un sandwich.

— Parfait. On mange un sandwich ensemble, à L'Abri du Pêcheur, vous devez connaître, Place des Thoniers.

— Oui, je connais ; mais, c'est un restaurant et un des meilleurs du coin... là, on ne mange pas de sandwich.

— Et alors ? Je ne peux pas vous inviter à manger un plat de langoustines mayonnaise ?

Silence de l'autre côté. Puis la voix d'Admer, méfiant :

— Qu'est-ce que vous mijotez ?

— Rien de bien méchant. Treize heures, ça va ?

— J'aime mieux midi et demi, si ça ne vous dérange pas.

— Ça ne me dérange pas.

Admer fut ponctuel. Il ne protesta que pour la forme quand on apporta les soupes de poisson :

— On avait dit langoustines…

— Ça viendra après.

Admer leva vers Vincent un sourcil interrogateur.

— Voilà, répondit Vincent, c'est à propos de Rémy Le Guer.

— Toujours pour les bricoles à faire sur le portail ?

— Oui.

Admer s'était mis à rigoler doucement.

— Vous ne me croyez pas ?

— Non, dit Admer.

On n'avait pas beaucoup de temps à perdre. Vincent alla au plus pressé :

— Alors, faites comme si vous me croyiez. Nous avons besoin de le joindre. Il n'habite pas chez lui. Où peut-on le trouver ?

Admer versa une cuillerée de rouille dans sa soupe et la remua longuement.

— C'est chaud.

— Oui et c'est bon.

— Où on peut le trouver, dit Admer, un peu partout sur les marchés des environs. Il vend des tas de trucs, des antiquités prétendument africaines ou asiatiques. C'est un pro de la contrefaçon. Il se taille en vitesse dès qu'il aperçoit les flics. On le voit aussi dans les brocantes. Quand je dis brocante… Il a déjà été pincé parce qu'il écoulait des objets volés.

— Nous allons faire la tournée des brocantes, dit Vincent. Mais comment le repérer. Décrivez-le-moi. Il est grand ?

— Non ; pas petit non plus ; de taille moyenne quoi...

— Ses cheveux ?

— Grisonnants, très longs, noués le plus souvent queue-de-cheval ; grosse, la queue-de-cheval.

— À quoi ressemble-t-il ?

— À quoi il ressemble ? À ce qu'il est, un marginal. Un genre d'anarchiste. C'est pour ça, à ce qu'il prétend, qu'il porte son collier.

— Quel genre de collier ?

— Il porte toujours une chaîne autour du cou, avec un cadenas miniature. C'est censé représenter l'oppression de la société sur l'individu. C'est le genre de sornettes qu'il débite quand il fait la manche dans les cafés.

On vint desservir les soupières. La serveuse apporta les plats de langoustines. Admer attendit qu'elle se fût éloignée pour renouer le fil de la conversation. Il regardait Vincent ; et il ne riait plus.

— Je ne sais pas ce que vous avez derrière la tête mais si j'ai un conseil à vous donner c'est de vous tenir le plus loin possible de Rémy Le Guer. Il est dangereux.

XLI

Lorsque Vincent rentra de L'Abri du Pêcheur, Jean-Luc, Anne-Marie et Margot finissaient de déjeuner. Ils écoutèrent le compte rendu de l'entrevue avec Admer.

— Nous n'avons beaucoup avancé, commenta Anne-Marie.

Vincent n'était pas de cet avis :

— Au contraire. À quoi vous attendiez-vous ? Pas à un portrait-robot quand même…

On avait obtenu un seul détail, mais caractéristique, la chevelure volumineuse. L'ennui, comme le fit remarquer Jean-Luc, était que l'inconnu du hangar ne portait pas de queue-de-cheval.

Margot suggéra qu'il avait pu se faire couper les cheveux :

— Afin de modifier son apparence ; pour quelqu'un qui se cache, ce serait logique.

— De toute manière, il faut avancer, dit Vincent, retourner au hangar au plus vite et le prendre en photo.

— À condition qu'il soit là, fit Jean-Luc. Avec un peu de malchance, on peut faire la planque pendant des heures, ou même des jours.

— Moi, je compte sur la chance. Avec un peu de chance, on lui aura tiré le portrait ce soir.

Margot se tourna vers son mari.

— Qu'est-ce qui te prend ? Il y a deux jours, quand nous sommes rentrés de la gendarmerie, tu étais accablé ; et même hier soir, avant de t'endormir, tu m'as dit que tu te demandais comment nous allions nous sortir de ce guêpier. Et voilà qu'aujourd'hui tu as l'air d'avoir mangé du lion. Tu nous caches quelque chose.

— Voilà ce que je cache, dit Vincent en jetant sur la table un journal déplié.

Ouest-France portait en première page une manchette aguicheuse :

« *LE DOUBLE MEURTRE DE BELZ : l'enquête avance...* »

Dans la page intérieure consacrée aux affaires locales, la suite de l'article n'apportait rien de bien nouveau, sinon une phrase que Vincent avait soulignée au stylo rouge : « *Les recherches se concentrent, désormais, vers les habitants de la maison du crime.* »

— C'est-à-dire nous ! fit Vincent.

— Et ça te fait rire !

L'article, qui laissait entendre, sans les nommer, que les vacanciers de Ker Bihannig pouvaient être impliqués, avait eu sur Vincent le même effet qu'un chiffon rouge agité devant un taureau de l'année. Il était vent debout, prêt à affronter les enquêteurs. Les soupçons qui pesaient sur eux ? C'était tellement inepte que cela en devenait ridicule.

— Et, poursuivit Vincent, ma conversation avec Admer m'a éclairé. Plus on en apprend sur la personnalité de Rémy Le Guer, plus on se rend compte que le personnage est beaucoup plus qu'un marginal inoffensif ; c'est quelqu'un d'inquiétant. Quelque chose me dit qu'avec ce type-là, nous sommes sur une piste intéressante.

— Qu'est-ce que c'est ton quelque chose ?

— Mon intuition.

XLII

La chance escomptée fut au rendez-vous. Lorsque, une heure plus tard, ils se retrouvèrent sur le chemin de Cadoudal, à l'endroit exact où Vincent s'était posté deux jours plus tôt, ils repérèrent aussitôt le canot échoué, avec son moteur, derrière les rochers.

— C'est ce canot-là ?

Vincent opina :

— Ça m'en a tout l'air. L'oiseau est probablement au nid.

Pour éviter de se faire remarquer, ils avaient échangé les rôles. Jean-Luc, en bermuda cigarette et polo griffé, portait la canne à pêche. Vincent le considéra d'un œil critique.

— Qu'y a-t-il ? Je ne suis pas crédible ?

— Tu as l'air d'un pêcheur d'opérette, dit Vincent.

Vincent, quant à lui, dissimulait dans la poche de son pantalon, un appareil photo miniature, son précieux Leica.

— Fais attention ! dit Jean-Luc. Je ne sais pas comment il s'y est pris pour arriver sans le moindre froissement de feuilles. Toi, tu vas être obligé de traverser les fourrés, de faire craquer des branchages...

Vincent ne répondait pas, occupé à scruter le talus. Il étouffa une exclamation :

— Voilà ! J'ai trouvé ! Je me demandais comment il avait fait pour disparaître en un clin d'œil. Regarde ce passage !

Le trou, creusé à l'horizontale dans le flanc du talus se prolongeait en une sorte de tunnel de terre, assez large pour laisser passer un homme.

— Attention, dit Jean-Luc à mi-voix, ça pourrait fonctionner comme un piège, ce truc-là.

— On verra bien. Je vais le prendre pour monter, fit Vincent sur le même ton.

— Et s'il lui prend l'idée de descendre, vous vous retrouvez nez à nez ?

— Je dis que je suis sur les traces de Cadoudal. D'ailleurs, ce trou pourrait bien être une de ses fameuses caches.

Ils se séparèrent. Et Vincent s'engouffra dans le talus. Le tunnel suivait une pente légèrement ascendante pendant deux ou trois mètres. Il débouchait sur un étroit sentier ménagé dans l'épaisseur du taillis. Quelques mètres encore et Vincent s'arrêta net. Il se trouvait sur une sorte de plat, à une dizaine de pas du hangar, face au pignon aveugle. Il recula pour se mettre à l'abri du taillis et inspecta les lieux. En se penchant légèrement, il voyait, sur la façade, une grande ouverture. La porte, plaquée sur le mur, n'était, en fait qu'un panneau qui devait glisser sur des rails. Il tendit l'oreille. De l'intérieur, un bruit lui parvenait, une espèce de frottement, comme si on avait traîné un objet, une chaise.

« Il y a quelqu'un », pensa Vincent. « Et ce quelqu'un là finira bien par se montrer. C'est une question de patience. »

Mais, d'où il se trouvait, il était impossible de se servir d'un appareil photo sans se faire repérer L'occupant du hangar pouvait sortir d'un moment à l'autre. Sans compter le risque de se trouver face à face avec lui. Il fallait prendre une décision rapide. Il mesura du regard les cinq ou six mètres qu'il fallait franchir, à découvert. Il se lança doucement, rapidement, silencieux sur ses espadrilles. Dès qu'il fut protégé par l'angle du hangar, il libéra la fermeture de la poche où il avait glissé son appareil ; et il se tint aux aguets, prêt à attendre aussi longtemps qu'il le faudrait.

Une fois encore, la chance le servit. Il ne s'était pas écoulé plus d'une dizaine de minutes lorsqu'un homme sortit. Vincent le détailla d'un coup d'œil : taille moyenne, un peu lourd sous un tee-shirt avachi sur le pantalon. L'homme s'arrêta sur le seuil, une ou deux longues minutes. Lorsqu'il tourna la tête à droite et à gauche pour regarder autour de lui Vincent distingua nettement la chaîne autour du cou avec une grosse pendeloque… le cadenas. L'angle de vision n'était pas le meilleur, mais il n'avait pas le choix : il pressa le poussoir. Dans le silence, à peine troublé par les ronronnements des bateaux à moteur qui passaient au large, le bruit du déclencheur automatique passa inaperçu. Après une rafale de prises, l'appareil s'arrêta au moment précis où l'homme chaussait des lunettes noires. Vincent s'était reculé à l'abri de l'angle du mur. Il entendit la porte glisser bruyamment sur ses rails. Alors il se risqua, s'avança de quelques centimètres pour voir Rémy Le Guer s'engager sur le sentier qu'il avait lui-même emprunté quelques instants plus tôt. Une dizaine de minutes plus tard, il rejoignait le chemin où Jean-Luc attendait.

— Tu as des photos ?

— Oui. Et toi, tu l'as vu ?

— Aperçu, lorsqu'il a mis en marche le moteur de son bateau. Il s'est coupé les cheveux mais pas de doute, c'est bien lui.

XLIII

Les photos étaient étalées sur la table de la terrasse : une douzaine de clichés – la plupart de trois quarts, un peu flous, un peu surexposés, et deux profils plus réussis – que Vincent avait tirés sur papier aussitôt rentré.

— Je n'ai rien de face, j'étais trop mal placé, dit-il.

— Ce n'est pas grave, on le voit très bien.

Ils se passaient les photos les uns aux autres. Margot s'attarda sur l'une d'elles, la plus nette, qui accusait la dureté du regard sous la barre des sourcils broussailleux, le menton légèrement prognathe.

— Il a une sale tête, ce Rémy Le Guer !

— Et, maintenant, dit Vincent en ramassant son butin, on suit le processus fixé par Jean-Luc. Première phase : Rémy Le Guer se cache. On passe à la deuxième phase : pourquoi se cache-t-il ?

— Et pour le savoir ?

— Je vais le lui demander !

Auray. Lundi matin, c'est le jour du grand marché. La place de la République grouille de monde. On vend de tout, des légumes, des pâtisseries, des vêtements, des fruits, des chaussures. Les étals débordent de la place, bien au-delà de la halle au poisson, jusque dans les rues adjacentes.

Vincent se faufila parmi la foule, en habitué. Les marchés, il adorait. Bien qu'aujourd'hui, il ne fût pas là pour remplir le cabas qu'il portait à la main. Mais il allait jouer le jeu, baguenauder, marchander sans avoir l'air d'être ce qu'il était, un chasseur sur les traces d'un gibier reconnaissable. Il portait au cou un collier original, une chaîne garnie d'un cadenas miniature.

En moins d'un quart d'heure, en quelques allées et venues d'un bout à l'autre du marché, il avait acheté des sandales pour les enfants, discuté le prix d'un pull marin “à prix d'usine” et, surtout, repéré deux stands susceptibles d'être intéressants. Le premier proposait des tambours de guerre du Zaïre, des “pièces uniques, importées sans intermédiaire”. Les vendeurs étaient noirs comme l'ébène. À tout hasard, Vincent avança le nom de Rémy Le Guer. On ne connaissait pas. Cela devait être vrai… Juste à côté, on vendait des “curiosités du monde entier”. Vincent tomba en arrêt devant un masque himalayen, s'informa du prix. Une femme le renseigna, avec une pointe d'accent du Morbihan. Vincent tenta sa chance.

Rémy Le Guer ? Oui, elle le connaissait ; mais de nom seulement.

Déçu, Vincent rangea la photo qu'il s'apprêtait à exhiber.

— C'est mon mari qui travaille avec Rémy Le Guer ; mais, manque de chance, mon mari ne vient pas aujourd'hui.

— Vous pourriez, ajouta-t-elle, aimablement, aller à la pharmacie Sainte-Catherine. Je sais qu'il est en bisbille avec les pharmaciens, pour une histoire de facture impayée... Ils cherchent où le trouver, ils pourraient vous aider. Ou, peut-être, là-haut chez Marcel et Jeannot, les brocanteurs de la rue du Moustoir.

Vincent remercia, se fit indiquer le chemin. La rue du Moustoir était excentrée, assez loin, dans les faubourgs d'Auray, en direction de la gare. L'échoppe des brocanteurs, tout au bout, était une espèce de long couloir sombre, encombré.

Au moment où il faisait tinter la sonnette de la porte d'entrée, Vincent décida de changer de tactique.

— Bonjour. Je suis à la recherche d'un de vos collègues qui m'a contacté...

— C'est à quel sujet ?

— Au sujet d'une succession ; des meubles...

— Nous ne faisons pas les meubles.

— Il y a aussi des objets...

Vincent bafouilla un peu, subitement à court d'inspiration. Le petit rougeaud qui était venu à sa rencontre n'avait pas l'air spécialement coopératif.

— Votre collègue m'avait dit qu'on pouvait se retrouver chez vous...

— Comment s'appelle-t-il ?

— C'est idiot, là, sur le moment, je n'arrive plus à retrouver son nom ; mais j'ai sa photo…

Le petit rougeaud prit la photo de mauvaise grâce, la regarda sans aucune réaction.

— Ah, s'exclama Vincent, ça y est, le nom me revient. Il s'appelle Rémy Le Guer.

— Il faudrait s'entendre, dit le brocanteur. Le type de la photo, je ne l'ai jamais vu. Rémy, oui, on travaille avec lui, de temps en temps.

Vincent insista :

— Vous voulez dire que la photo n'est pas celle de Rémy Le Guer ?

— Puisque je vous le dis.

Le petit rougeaud le dévisagea avec insistance.

— Il doit me prendre pour un flic… pensa Vincent. Ce n'est pas plus mal !

Un long jeune homme blond venait de débouler d'un escalier en colimaçon.

— Jeannot, fit le rougeaud, tu l'as déjà vu, ce type-là ?

Le grand blond jeta un coup d'œil étonné sur la photo.

— Moi ? Non, pourquoi ?

— Monsieur cherche Rémy Le Guer… En principe…

Le grand blond confirma : en ce moment, Rémy n'était pas dans le coin.

Vincent battit en retraite, dit qu'il repasserait… il dit n'importe quoi. À toute allure, il revint sur ses pas vers le centre. Fébrilement. Il était midi vingt-cinq. Pourvu qu'il arrive à temps... Il était midi vingt-neuf lorsqu'il poussa la porte de la pharmacie Sainte-Catherine, essoufflé. Il ne prit pas le temps de trouver un prétexte. Tout à trac, il demanda si on pouvait lui indiquer où trouver Rémy Le Guer. Le pharmacien en personne sortit de l'arrière-boutique pour lui répondre :

— Ah, si seulement je le savais ! Il est venu, il y a deux mois, commander toute une série de vaccins, non remboursés. Il s'est fait faire les piqûres par une infirmière que je lui avais recommandée. Il devait repasser pour régler le tout. On l'attend toujours. Nous lui avons envoyé deux lettres de relance. Sans résultat. C'est surtout pour l'infirmière que je suis gêné.

Vincent sortit sa photo.

— Cet homme-là, vous le connaissez ?

Le pharmacien secoua la tête.

— Non, pas du tout.

Vincent remercia, s'en alla reprendre sa voiture. Il rentra en roulant un peu trop vite. À Ker Bihannig, on mettait le couvert du déjeuner. Vincent se laissa tomber sur une chaise et assena la nouvelle du jour :

— Le type du hangar, ce n'est pas Rémy Le Guer.

XLIV

Dans la fièvre des recherches et des découvertes, on avait un peu négligé les enfants. Depuis deux jours, ils se disputaient pour un rien, se traînaient en grognant, devenaient insupportables. Anne-Marie lança une idée :

— Et si nous allions à Riantec ?

— On y est déjà allés.

— Pour faire une partie de pêche à pied ?

— C'est quoi la pêche à pied ?

— On dit « qu'est-ce que c'est », rectifia Margot, et on ajoute « s'il te plaît ». Combien de fois faudra-t-il le répéter ?

Avec une patience qui semblait inépuisable, Anne-Marie expliqua que, pieds nus…

— Mais ça fait froid, pieds nus dans le sable…

— Ou avec des sandales, à marée basse, on peut trouver, des coquillages, des palourdes, des huîtres…

— On n'aime pas les huîtres.

— Il n'y a pas que des huîtres, il y a d'autres animaux, avec de jolies coquilles…

— On les attrape comment ? Avec un filet ?

— Non, à la main.

— Nous, on voudrait un filet avec un manche…

— Un haveneau ?

— Oui.

Contre promesse qu'ils cessent de se disputer et qu'ils aident à mettre le couvert, on leur accorda les haveneaux ; on les achèterait sur place.

— Cela devient inquiétant, soupira Margot, on leur cède tout et ils sont odieux.

Mais, il fallait en convenir, les vacances ne se déroulaient pas de façon ordinaire. Et il fallait avouer que les événements avaient de quoi perturber des enfants.

Pas seulement des enfants. Jean-Luc aussi était perturbé. Riantec, bordée par la petite mer de Gâvres est un paradis pour les amateurs de planche à voile. Margot proposa d'en louer trois.

— Tu viens avec nous ?

Jean-Luc déclina la proposition. Non, il aimait mieux rester lire sur la plage. Une partie de l'après-midi, il parcourut distraitement des journaux tout en surveillant de loin les évolutions de Vincent et de Margot. Au bout de la plage, Anne-Marie, Annick et Nicolas pataugeaient équipés de seaux et de haveneaux tout neufs. Quand ils revinrent avec leur récolte de coquillages, Anne-Marie s'inquiéta :

— Tu n'as pas bougé. C'est ta cheville qui te fait mal ?

— Pas du tout. Je ne la sens même plus. J'avais besoin de réfléchir.

Margot et Vincent arrivaient à leur tour.

Margot ravie, Vincent un peu grelottant.

— Ce serait épatant s'il n'y avait pas ce petit vent frisquet...

Jean-Luc était dans ses pensées. Au moment où tout le monde embarquait dans le quatre-quatre, il annonça qu'il déposait son monde à Ker Bihannig et que Vincent et lui repartaient ensuite pour Plouhinec.

— À la maison de Rémy Le Guer ?

— Oui.

— Et que va-t-on faire chez lui ? demanda Vincent.

— Jeter un coup d'œil sur son courrier.

Vincent jugea inutile de demander comment et pourquoi. Jean-Luc avait son idée. On verrait sur place.

La pluie menaçait lorsqu'ils arrivèrent à la maison de Rémy Le Guer. Sous le ciel couvert, la masure avait l'air plus désolée que jamais. Enjamber la clôture faite d'un grillage à moitié affaissé sur l'herbe et faire le tour de la maison ne leur prit que quelques instants. Tout était désert. L'un après l'autre, ils tapèrent du poing sur le bois vermoulu de la porte. Rien. En silence – ils n'avaient nul besoin de se concerter pour savoir ce qui allait suivre – ils inspectèrent les abords de la maison. De vieux outils de jardinage traînaient sur le sol. Jean-Luc s'empara d'une bêche dont le manche lui resta dans les mains. Il s'approcha d'une fenêtre et frappa plusieurs fois, adroitement, à petits coups, jusqu'à ce que le carreau entier s'éparpille en morceaux à l'intérieur. Il mesura d'un coup d'œil la largeur de la fenêtre.

— C'est juste, mais ça ira, dit Jean-Luc.

— On aggrave notre cas, commenta Vincent, rigolard : effraction, intrusion en l'absence… Vas-y, je fais le guet.

Jean-Luc sauta à l'intérieur et ressortit quelques instants plus tard avec une liasse d'enveloppes.

— On va regarder cela tranquillement à la maison, dit-il.

Tranquillement, en effet, sans le moindre état d'âme et à l'aide des instruments du bord. Margot emportait toujours un fer à repasser de voyage, un petit modèle pliable, très perfectionné, à vapeur. Promené en douceur sur la partie gommée des enveloppes, il se révéla tout à fait efficace. En quelques instants, le courrier de Rémy Le Guer fut étalé sur la table de la salle à manger. C'était peu de chose : une invitation au dîner annuel des "Anciens de l'École Saint-Christophe". Une note d'Électricité de France, annonçant que « *faute d'un apurement immédiat du solde débiteur, la fourniture du courant serait interrompue*. » Une carte postale non cachetée, expédiée de Chine, d'une ville dont le nom était indéchiffrable, portant quelques mots : « *Voyage magnifique. Beaucoup de choses à te raconter au retour. À bientôt*. » C'était signé Basile et Céline. Il y avait aussi deux lettres de relance pour factures impayées, l'une émanant d'un supermarché, l'autre de la pharmacie Sainte-Catherine.

C'était celle-là qui intéressait Jean-Luc. À lire la

facture de la pharmacie, il semblait que Rémy Le Guer fût un homme de précaution, soucieux de sa santé à un point qui ne laissait pas de surprendre. Il s'était fait faire, deux mois auparavant un rappel de vaccin diphtérie, tétanos, poliomyélite. Et quinze jours plus tard, il avait acheté les doses et s'était fait faire, en trois fois, les injections nécessaires à la vaccination contre l'hépatite B, la fièvre typhoïde, l'encéphalite du Japon.

— Comme c'est curieux, dit Vincent, cela ne cadre pas du tout avec ce que nous savons du personnage !

Jean-Luc pianotait sur son portable.

— Qu'est-ce que tu cherches ?

— Safe-travel, conseils médicaux aux voyageurs.

Au bout de quelques instants, lorsqu'il reposa le portable, il affichait un air mi-satisfait mi-soucieux :

— Je m'en doutais, dit-il. Les vaccins que Rémy Le Guer s'est fait faire sont ceux conseillés aux voyageurs en partance pour la Chine.

XLV

Après le dîner, la réunion Hercule Poirot se prolongea très tard dans la soirée. C'est qu'il y avait matière à interpeller les petites cellules grises. Au fur et à mesure des découvertes, la situation était de plus en plus étrange. D'abord, qu'un marginal vivant d'expédients puisse s'offrir un voyage en Chine.

— Rien ne prouve qu'il y soit vraiment allé.

— Je suis convaincu, au contraire, qu'il y est allé, dit Jean-Luc, répondant à Anne-Marie. Sinon, pourquoi les vaccins ? Et n'oublions pas qu'il a disparu ; personne ne sait où il est en ce moment.

— Moi, dit Vincent je pense à un détail important. Il est allé acheter ses vaccins dans une pharmacie d'Auray ; les piqûres ont été faites par une infirmière d'Auray. Pourquoi Auray ? Il y a des pharmacies beaucoup plus près, à Étel ou à Port-Louis et même sur place, à Belz. S'il est allé à Auray, où il est peu ou pas connu, c'est qu'il voulait partir en cachette.

Margot relisait la carte postale qu'elle examinait attentivement.

— Et même, dit-elle, en cachette de ses amis. Il est peu probable qu'il soit allé les rejoindre. Sinon comment expliquer cette carte ?

— Rémy Le Guer part pour la Chine, dit Jean-Luc, pensif, alors que Basile Martin et sa femme y sont déjà, ce ne peut pas être une coïncidence…

Malgré le temps capricieux, il fallait occuper les enfants. Et on était à court d'idées. À court d'envies aussi.

Annick et Nicolas poussèrent les hauts cris lorsqu'il fut question de retourner à Riantec…

— Pas Riantec, on y est déjà allés hier !

— Hier, c'était la pêche à pied. Aujourd'hui, c'est différent, on visite la maison de l'île Kerner.

— Une île en vrai, alors ? Autrement, on veut pas !

Même Vincent dut en convenir :

— Ils sont trop gâtés. Il est grand temps qu'on les reprenne en main !

Après un déjeuner tardif et la sieste, le soleil étant de retour, il y eut une soirée magnifique sur la plage d'Étel et, sur les quais, une promenade qui n'en finissait pas.

— J'ai tout prévu pour le repas de ce soir, dit Vincent, mais si on s'offrait plutôt un dîner au restaurant ?

Tandis qu'Annick et Nicolas manifestaient bruyamment leur enthousiasme, ils se dirigèrent vers L'Abri du Pêcheur. En vérité, sans se le dire, les uns et les autres n'avaient qu'une envie, retarder le plus possible le moment de regagner Ker Bihannig.

Ils rentrèrent tard, le plus tard possible. Au moment où ils allaient se dire bonsoir, Margot, qui était allée coucher les enfants, redescendit précipitamment. Elle était blême.

— Quelqu'un est venu, dit-elle, on a déplacé la poupée.

Ils montèrent tous. Annick dormait déjà.

— Je ne veux pas qu'elle reste dans cette chambre, chuchota Margot. Elle va dormir avec nous.

— Comment sais-tu qu'on a déplacé cette poupée ?

— Tous les soirs, avant de coucher Annick, je viens vérifier qu'on n'y a pas touché. Hier soir, elle était comme d'habitude, assise, au centre de l'étagère. Ce soir, regardez, quelqu'un l'a poussée sur le côté.

Annick ne s'éveilla même pas quand on la transporta dans le lit de sa mère.

— Et maintenant, dit Vincent, on sort le grand jeu. Il faut découvrir ce qu'il y a derrière tout cela.

— Et, d'abord, dit Jean-Luc, ce que cette poupée a dans le ventre. Passe-la moi.

On avait laissé l'escabeau à la même place, sur le palier. Vincent, juché sur la dernière marche, commença à fouiller le dernier étage du placard. Contrairement aux étages inférieurs encombrés de jouets, la dernière étagère ne contenait que des encadrements appuyés les uns sur les autres à la manière de livres sur les rayons d'une bibliothèque. Vincent les sortit l'un après l'autre. Il en compta neuf qui encadraient ce qui, à première vue, semblait n'être que des reproductions. Il les passait à Margot et à Anne-Marie qui les examinaient, les retournaient dans tous les sens sans rien découvrir de notable. Vincent, toujours juché sur son escabeau, explora de la main, les parois de l'étagère à la recherche d'une éventuelle cachette.

— Alors, demanda-t-il, ces tableaux ?

— Des reproductions, répondit Margot.

— De qui les reproductions ?

— De Chardin, de Le Nain, tout aussi minables que celles du rez-de-chaussée.

Pendant ce temps, Jean-Luc avait littéralement démembré la poupée. Il était allé chercher sa lampe-torche, pour examiner, de plus près, et séparément, la tête, le torse, les bras et les jambes.

— Rien, dit-il, je n'ai rien trouvé d'anormal.

Vincent regarda la poupée qui gisait en morceaux sur le lit, à côté de sa robe à volants.

— Tu peux la remonter, la reconstituer de manière qu'elle ait l'air parfaitement intacte ?

— Ce n'est pas sûr… Margot m'aidera.

— Il faut tout remettre en place, dit Vincent, les cadres, la poupée, comme si nous n'avions touché à rien ; parce que j'ai peut-être une idée, pour demain.

XLVI

S'il est vrai que la nuit porte conseil, elle n'avait guère incité au sommeil. On avait peu ou pas dormi. À la table du petit-déjeuner, les traits étaient tirés, les mines défaites. Vincent, arrivé le dernier comme d'habitude, regarda autour de lui.

— Nous ne sommes pas beaux à voir, nous avons l'air de tout sauf de vacanciers heureux.

Pendant sa longue insomnie, l'idée avait mûri. Son plan était simple : piéger le visiteur inconnu.

— Puisqu'il entre dans la maison quand nous ne sommes pas là, nous allons faire semblant de nous absenter pour la journée.

— Tu crois qu'il nous surveille de près ?

— Ce n'est pas impossible. Nous donnons le change, nous partons avec les deux voitures.

— Généralement, nous ne prenons que le quatre-quatre.

— Aujourd'hui, nous prenons les deux. Anne-Marie, Margot emmènent les enfants à la plage dans le quatre-quatre. Jean-Luc et moi, nous laissons la Renault quelque part et nous revenons ici à pied.

Annick et Nicolas firent leur entrée, en débraillé. Ils avaient, eux, très bien dormi ; surtout Annick, fière d'avoir partagé la chambre des parents.

— Allez vous coiffer et vous laver les mains, ordonna Vincent – et revenant à son sujet – nous, on se planque ici et on attend…

— Encore une planque ! dit Anne-Marie, moqueuse, vous êtes en train de devenir des spécialistes. Vous allez pouvoir monter une agence de détectives privés.

— À partir d'où la planque ?

— On doit pouvoir trouver un coin dans le jardin de Pénélope…

Était-ce le meilleur observatoire ? Ce qui induisait la vraie question : ce visiteur inconnu, que cherchait-il ?

— Si c'est le magot…

— C'est quoi un magot ? demanda Annick.

— S'il est à la recherche du magot, reprit Anne-Marie, pourquoi fouille-t-il à l'intérieur de la maison ? Rappelez-vous ce que disaient les Polonais avec leur drôle d'accent, la grand-mère de Marion nous l'a raconté : « Le trésor est dans le chardin. »

— C'est vrai, dit Vincent, le magot, si magot il y a, est enfoui dans le jardin. Le jardin et pas ailleurs.

Margot versait le chocolat dans les tasses des enfants. Elle secoua la tête, elle aussi avait réfléchi pendant la nuit. À son avis, il y avait quelque chose à trouver du côté de la peinture.

— J'ai compris que celui qui pénètre dans la maison ne s'intéresse pas à la poupée. Quand il y touche, c'est pour la déplacer. Ce qui intéresse le visiteur, c'est ce qu'il y a, derrière elle, au fond de l'étagère. Cette poupée, c'est un peu comme si elle était la gardienne du trésor.

— Drôle de trésor ! Des chromos sans valeur…

— Oui, mais il y a une certaine logique dans ces chromos, tous des reproductions de Le Nain et de Chardin. Et, rappelez-vous, quand Gabriel était resté en extase devant une reproduction, c'était une copie de Chardin…

— Mais comment faut-il dire ? interrompit Nicolas.

— Bravo Nicolas ! s'écria Jean-Luc. Enfin, la formule interrogative correcte ! Tu vois, Margot, tout arrive.

Bonheur de courte durée car Nicolas récidiva :

— Mais comment il faut dire à la fin, un jardin ou un chardin ?

— Qu'est-ce que tu racontes ?

— C'est vrai, ça, vous dites jardin et chardin, on sait plus…

Silence autour de la table. Et puis le trait de lumière ! Vincent s'étrangla à moitié.

— Comment n'y ai-je pas pensé !

Il se précipita dans l'escalier. On l'entendit manier l'escabeau, faire grincer la porte du placard. Il apparut, les bras chargés de cadres :

— Vous m'aidez à les descendre ?

Ils s'y mirent tous les quatre. Quatre paires de mains armées de ciseaux, de lames de couteaux, pour démonter les cadres, mettre à nu les cartons, les papiers, les toiles. Sans rien trouver.

— Attendez, il y a ceux du salon. On commence par *La Pourvoyeuse* de Chardin.

C'était le plus grand des tableaux du salon. L'un des plus ingrats avec son cadre de bois brunâtre. Jean-Luc le décrocha, le renversa sur la table.

— Ça pèse !

— Il y a quelque chose qui bouge à l'intérieur, fit Anne-Marie.

Vincent décloua le cadre. De l'espace ménagé entre la toile et le carton qui la maintenait, glissèrent quatre petits étuis de tissu. Précautionneusement, l'un après l'autre, Jean-Luc les ouvrit, libérant leur contenu qui roula sur la table.

— Des diamants ! s'exclama Anne-Marie.

Médusés, n'en croyant pas leurs yeux, ils regardaient le chatoiement des rubis, des émeraudes, des saphirs au milieu de l'éclat des diamants. Il y avait des pierres de toutes tailles, certaines en simples cabochons, la plupart taillées, en rose, en poire, en navette. D'autres ressemblaient à de vulgaires cailloux.

— Des diamants bruts ! dit encore Anne-Marie.

— Nous avons découvert le trésor des Pollack ! chuchota Margot.

Deux grosses larmes lui coulaient sur les joues. Personne ne lui demanda pourquoi.

XLVII

À quel moment alerter la gendarmerie ? Les avis étaient partagés.

— Tout de suite, dit Margot, débarrassons-nous de tout cela tout de suite !

Vincent gardait une dent bien aiguisée contre les gendarmes.

— Vont-ils nous croire ? Nous risquons de conforter leurs soupçons. Au point où ils en sont, loin de nous savoir gré de notre trouvaille, ils pourraient penser que nous avons camouflé une partie des diamants. Non, il faut leur livrer l'affaire complètement résolue, clé en main ; le chasseur de trésor en même temps que le trésor.

On se rangea à son avis. À vrai dire, ils étaient, tous les quatre, anxieux de mettre un visage sur le visiteur inconnu ; lequel était aussi, selon toute vraisemblance, l'assassin.

— Il faut garder notre plan, dit Vincent, mais on améliore le piège. Je propose de remettre les bijoux où ils étaient dans le cadre de *La Pourvoyeuse* de Chardin. Pour le reste, les tableaux du placard, nous les laissons tels qu'ils sont, désencadrés, bien en évidence, sur la table. Le visiteur inconnu comprendra que, tout comme lui, nous sommes sur la bonne piste et qu'il a intérêt à nous prendre de vitesse.

Anne-Marie était dubitative :

— Mais s'il ne vient pas ?

— Il viendra, dit Jean-Luc. Il ne lui reste que quelques jours avant le retour des Martin. Et il brûle, il est de plus en plus près de trouver, il le sait. Il suffit de l'aider un peu.

Une heure plus tard, le jardin retentissait d'appels et d'exclamations. On se préparait – ostensiblement et à grand bruit – au départ pour une grande excursion. Dans le coffre des voitures, fut entassé tout un attirail, sacs de plage, haveneaux, palmes et masques de plongée, sac à pique-nique. Et les deux voitures franchirent le portail.

Elles se séparèrent avant d'arriver au pont Lorrois. Vincent, au volant de la Renault, rebroussa chemin vers Belz. Pendant qu'il se garait sur le parking de la Poste, Jean-Luc alla acheter des sandwiches dans une boulangerie voisine. Puis, à pied, ils se mirent en route, munis de cannes à pêche pour plus de vraisemblance.

— C'est curieux, dit Jean-Luc en marchant, j'ai une drôle d'impression, comme si nous étions observés...

Mais ils ne croisèrent en chemin que quelques cyclistes à l'allure parfaitement inoffensive. Le soleil dardait fort. Quand, au bout d'une vingtaine de minutes, ils arrivèrent à proximité de Ker Bihannig, ils étaient en nage.

La maison de Pénélope avait été placée sous scellés, il était donc exclu d'y pénétrer. Ils entrèrent par le jardin de devant, contournèrent la maison et débouchèrent sur le potager, face à Ker Bihannig. Comme ils l'avaient espéré, la cabane à outils était ouverte, elle constituait un poste d'observation permettant de surveiller, de biais, le portail et un bout de chemin.

Deux longues heures s'écoulèrent. Ils se relayaient, l'un assis par terre, l'autre debout, l'œil collé à la fente de la porte. Soudain, Jean-Luc poussa une exclamation :

— Attention ! J'entends du bruit. Quelqu'un arrive…

Ils prêtèrent l'oreille. Un léger grincement signalait qu'on avait ouvert puis refermé le portillon du jardin de Pénélope. Les bruits de pas se rapprochèrent. Quelqu'un passa devant la cabane où Jean-Luc et Vincent retenaient leur souffle. Ils virent l'inconnu écarter le grillage, l'enjamber. L'homme était maintenant dans le jardin de Ker Bihannig. Il tourna la tête pour regarder autour de lui. C'est alors qu'ils le reconnurent : silhouette courtaude, ventre proéminent.

— L'homme du hangar ! s'exclama Jean-Luc.

Ils le virent s'avancer furtivement en regardant de tous côtés, vers le pignon de la maison. Puis, arrivé devant l'entrée de la cuisine, apparemment rassuré, sans se hâter, il tira une clé de sa poche, ouvrit la porte et entra.

— Il fait comme s'il était chez lui ! souffla Jean-Luc.

— Mais, chuchota Vincent, je commence à croire qu'il est chez lui... Bon Dieu, quels imbéciles nous avons été ! Dire que c'était si simple et qu'on n'y a pas pensé !

Jean-Luc se tourna vers Vincent.

— Tu crois que c'est...

— J'en suis sûr !

— Alors, il faut y aller maintenant, dit Jean-Luc, le prendre sur le fait.

Ils sortirent de la cabane. Il était inutile d'essayer de traverser le jardin sans se faire repérer. On ne pouvait compter que sur l'effet de surprise.

— On y va ?

Ils s'élancèrent, enjambèrent le grillage. En quelques bonds, ils furent à la terrasse. Jean-Luc courut à la porte de la cuisine : fermée de l'intérieur. Vincent venait de faire voler en éclats un carreau d'une porte-fenêtre et manœuvrait la poignée. Ils entrèrent. L'homme se figea.

C'était bien lui, l'homme du hangar, son regard bestial sous la barre des sourcils, et ses mâchoires sauvages.

— Monsieur Basile Martin, je suppose ? dit Vincent. Bienvenue chez vous !

XLVIII

Ils ne surent jamais par où les gendarmes étaient entrés. Ils avaient surgi de tous côtés, certains en tenue de cycliste, d'autres en uniforme, En quelques secondes, le salon fut envahi. Jean-Luc et Vincent demeuraient sur place, interloqués.

Basile Martin esquissa un mouvement de retraite, aussitôt empêché par un des gendarmes.

— Monsieur Basile Martin ?

— Oui.

— Puis-je voir vos papiers ?

— Je ne les ai pas sur moi.

— Cela ne fait rien. Mais nous allons vous demander de nous accompagner au commissariat. Nous avons quelques questions à vous poser.

Basile Martin se rebiffa :

— Je n'ai rien à me reprocher. Je suis chez moi.

— Nul ne le conteste.

Un second gendarme s'approcha et Vincent reconnut le brigadier qui l'avait interrogé à Étel.

— Monsieur Martin, je dois vous mettre au courant des faits suivants : hier soir, à vingt-deux heures vingt, à l'aéroport Roissy-Charles-de-Gaulle, deux personnes, voyageant sur le vol régulier d'Air France-KLM en provenance de Pékin, ont été interpellées par nos collègues de la police des frontières.

Basile Martin devint blême.

— Il s'agit, poursuivit le brigadier, de votre épouse, madame Céline Martin, et d'un homme voyageant avec un passeport à votre nom. Passeport falsifié. À la place de votre photo, on a collé la photo de l'homme qui accompagnait madame Martin. Cet homme a été rapidement identifié. Il s'agit d'un certain Rémy Le Guer, sans profession, demeurant sur la commune de Plouhinec. Interrogé, monsieur Rémy Le Guer n'a fait aucune difficulté pour reconnaître les faits. Il avoue la falsification du passeport et l'usurpation d'identité mais il affirme que tout a été fait en plein accord avec vous, et même, a-t-il dit aux policiers, sur votre demande expresse.

— C'est faux, bégaya Basile Martin.

— Nous verrons bien, dit le gendarme. De toute manière, nous avons besoin d'entendre vos explications. Si vous voulez bien nous suivre…

Basile Martin serra les poings, lança un regard autour de la pièce. Toute résistance était inutile.

Jean-Luc et Vincent avaient assisté à la scène, immobiles, sans souffler mot.

Au moment où deux gendarmes venaient encadrer Basile Martin pour l'emmener, ils reprirent leurs esprits.

— Attendez ! s'exclama Vincent, vous oubliez quelque chose…

Il alla décrocher *La Pourvoyeuse* de Chardin. Sous les yeux des gendarmes ébahis, avec l'aide de

Jean-Luc, il extirpa du cadre les sachets de tissu et en répandit le contenu sur la table.

— Monsieur Martin cherchait le trésor des Pollack. Nous l'avons trouvé.

Tous les assistants virent les mâchoires de Basile Martin se durcir. Son visage vira au cramoisi. Un instant, on craignit le malaise. Un des gendarmes, tout en l'emmenant, lui posa la main sur l'épaule dans un geste qui se voulait apaisant.

— Occupez-vous de cela, fit le brigadier en désignant les bijoux.

Deux gendarmes firent un comptage rapide des pierres précieuses qu'ils placèrent dans un sac qu'on ferma soigneusement. Le brigadier avait surveillé l'opération. Quand tout fut terminé, avant de se retirer, il adressa un salut à Jean-Luc et à Vincent.

— À bientôt, Messieurs, Nous devrons nous revoir dans les tout prochains jours ; on vous fera signer la décharge pour les diamants. Ce sera la dernière convocation et je vous promets qu'on ne vous gardera pas longtemps. Nous ne voulons pas vous gâcher la fin de vos vacances.

Il tourna les talons et se ravisa.

— Et dites à madame Hermelin, fit-il en souriant à Vincent, d'emmener les enfants. Il y aura une surprise pour eux.

XLIX

— Je vous adresse nos remerciements, dit le brigadier. Vous nous avez beaucoup aidés.

Décidément, cette dernière convocation à la gendarmerie d'Étel virait à la visite de courtoisie.

— Puis-je vous demander où en est l'enquête ? demanda Margot.

— Elle est presque bouclée.

— Monsieur Martin a avoué ?

— Lui ? Pas du tout. Il s'enferme dans le mutisme. Mais ses complices parlent. Sa femme surtout.

Ce que racontait Céline Martin c'était l'histoire d'une famille littéralement obsédée par la recherche d'un trésor auquel tous les Martin croyaient dur comme fer. Une sorte de mythe autour duquel s'était cristallisée une cupidité qui n'avait fait que croître avec le temps. La saga familiale était tissée de suspicions, de rivalités, de haines tenaces. À chaque génération, un des membres de la famille avait essayé de flouer les autres. Gabriel Martin n'avait pas failli à la tradition. Gabriel était un malin qui avait fini par comprendre que ce n'était pas dans la terre du jardin qu'il fallait creuser mais du côté de la peinture de Chardin.

— Comment en était-il arrivé à cette conclusion ? demanda Jean-Luc.

— Comment ? À quel moment ? Nous ne le saurons jamais. Peut-être en faisant le même rapprochement que votre petit garçon. Gabriel était truculent, hâbleur. Prudence et discrétion, ce n'était pas son fort. Il a trop parlé, il s'est vanté de devenir bientôt très riche. Basile l'a appris et il a échafaudé un plan qui consistait à se servir de son grand-oncle avant de l'éliminer.

À partir de là, enchaîna le brigadier, commence une partie de poker menteur. Gabriel était usufruitier de la propriété. Il annonce, comme il en a le droit, qu'il vient passer l'été à Ker Bihannig. Il compte bien mettre ce séjour à profit pour découvrir le magot. Il sera d'autant plus tranquille pour explorer les tableaux que Basile et sa femme vont partir six semaines en Chine.

— Les visites nocturnes dans la maison, demanda Margot, qui était-ce ? Gabriel ou Basile ?

— Gabriel et Basile. L'un épiant l'autre. C'est Gabriel qui, sans se douter qu'il était surveillé, a mis son neveu sur une piste qui était presque la bonne, celle du placard aux jouets. D'après Céline Martin, un soir, Basile a suivi son oncle jusqu'au placard dont, paraît-il, jusque-là, il n'avait pas remarqué l'existence. Y a-t-il eu altercation, lutte ? C'est probable Nous le saurons plus tard. Toujours est-il que Basile a estimé qu'il en savait assez pour poursuivre les recherches lui-même. Il est passé à l'action.

— Vous voulez dire que c'est le soir où il l'a tué ?

— Oui, étranglé. Puis pendu pour faire croire à un suicide.

Depuis quelques minutes, Jean-Luc s'agitait ; mal assis sur une chaise trop petite, il balançait ses longues jambes. Il finit par se mettre debout.

— Excusez-moi mais il y a quelque chose de difficilement compréhensible dans cette version. Comment imaginer un petit meurtre en famille dans une maison habitée par des étrangers, nous en l'occurrence. Quel rôle étions-nous censés jouer dans cette histoire ?

— Vous aviez arrêté la location de la maison. Revenir sur le contrat aurait pu sembler louche. Votre présence constituait, selon les dires de Céline Martin, un « sacré embêtement » – elle a employé un autre mot – dont, finalement, Basile a imaginé de tirer parti. Lui avait un alibi en béton, il était en Chine. Vous, vous faisiez de parfaits coupables.

Ce fut au tour de Vincent de manifester son étonnement :

— Je voudrais savoir... Vous nous avez vraiment suspectés ?

— Oh, fit le brigadier, mi-badin, mi-confus, pas vraiment et pas longtemps. Mais, dans une enquête, on ne doit rien négliger.

— Et Pénélope ? Pourquoi l'avoir tuée, elle aussi ?

— Pénélope était comme son cousin Basile, âpre au gain et pas très futée. Mais assez quand même pour avoir flairé quelque chose. Nous avons appris que, quelques jours avant l'accident de voiture, elle s'était rendue à la maison de retraite – sans motif puisqu'elle était brouillée avec son oncle. Elle vous en avait parlé ?

— Non.

— Elle avait interrogé le personnel. On lui avait parlé de l'intérêt que, brusquement, Gabriel portait à la peinture. Bref, elle aussi était sur la piste. C'était une rivale. Il fallait l'éliminer.

Jean-Luc avait fini par s'adosser au mur.

— C'était un plan diabolique ! dit-il.

— Oui, fit le brigadier ; mais il y a eu un grain de sable. Il était prévu que Rémy Le Guer parte pour la Chine avec Céline Martin, en se faisant passer pour le mari. Basile lui avait donné de l'argent pour qu'il se fasse faire les vaccins réglementaires. Mais – et voilà le grain de sable – Le Guer est un escroc incorrigible, il n'a pas réglé ses factures. Il a gardé l'argent. D'où les plaintes de la pharmacie et de l'infirmière. Une petite visite au domicile de Le Guer, un coup d'œil sur son courrier et nous avons commencé à comprendre. À propos, il faudra que vous pensiez à restituer les lettres que vous avez emportées de chez lui. On en aura besoin pour le dossier…

On frappa à la porte. Un planton apparut.

— Excusez-moi, Chef, mais les gosses s'impatientent. On n'arrive plus à les faire tenir tranquilles.

— Faites-les entrer.

Annick et Nicolas firent leur entrée.

Le brigadier alla ouvrir une armoire métallique,

pleine de chemises de toutes les couleurs. Il revint avec deux gros paquets enrubannés qu'il posa sur les genoux des enfants.

— Voilà, c'est pour vous. Vous pouvez ouvrir !

Les rubans sautèrent.

— Des caramels ! s'écria Nicolas.

— Des caramels au beurre salé, dit le brigadier, c'est une spécialité du pays. Mon petit doigt m'a dit que vous les aimiez…

Il s'avança, la main tendue vers les quatre Parisiens, attendris.

— Il me reste à vous remercier. Non, je ne plaisante pas, vous nous avez beaucoup aidés. Sans vous, peut-être le trésor des Pollack n'aurait-il jamais été découvert. Il faut dire que la cachette était astucieuse. Quelques jours après l'arrestation de ces pauvres gens, la Gestapo est revenue fouiller la maison. Elle n'a rien trouvé. Nous avons vérifié dans les archives. Et maintenant, j'espère que vous ne garderez pas un trop mauvais souvenir de vos vacances et que vous reviendrez dans notre région. Elle le mérite.

L

Deux jours plus tard, il y eut un coup de téléphone de la gendarmerie. Ce fut Jean-Luc qui prit la communication : Basile Martin avait été présenté au juge d'instruction. Il persistait à nier l'évidence mais Céline Martin et Rémy Le Guer étaient passés aux aveux complets. On avait tenu, à titre exceptionnel et par courtoisie, à mettre les locataires de Ker Bihannig au courant des derniers développements de l'enquête.

— C'est aimable de leur part, commenta Jean-Luc.

— Et c'est la moindre des choses, fit Anne-Marie.

Une autre affaire commençait concernant les diamants des Pollack. Il faudrait entamer des recherches pour retrouver d'éventuels héritiers ou, tout au moins, des ayants droit.

— Mais cela, avait dit le brigadier, n'est plus de notre ressort.

L'été s'étirait. On regardait les cerises rougir sur l'arbre, dans le jardin de Pénélope. Sans y toucher.

Deux jours avant le départ, un matin, Margot vit arriver Admer. Il venait récupérer ses outils de jardinage. Elle avait refusé d'aller au marché pour commencer à préparer les valises. Margot était seule. Admer était mélancolique.

— Cela me fait un drôle d'effet de penser que je ne reviendrai plus dans ce jardin. Basile, ça m'est égal ; ce salopard n'a que ce qu'il mérite. Mais Pénélope… je l'aimais bien. Et vous tous aussi, je vous aimais bien…

Margot lui offrit un café qu'il vint boire sur la terrasse.

— Je suppose que vous ne reviendrez plus par ici ?

— Sûrement pas ! Nous avons pris cette maison en horreur. Elle porte malheur, je l'ai senti dès que j'y ai mis les pieds.

— Quand je disais par ici, je ne parlais pas de Ker Bihannig ; je voulais dire les environs, la petite mer, la ria…

— Ah oui, dit Margot, pour le pays, je vous l'accorde, il est enchanteur… Mais ce n'était vraiment pas la maison de mes rêves !

— Et comment est-elle la maison de vos rêves ?

— Toute simple, toute claire à l'intérieur. Blanche avec des volets bleus. Un jardin… Petit le jardin, avec des hortensias…

Admer hocha la tête.

— On peut vous trouver ça…

Il se leva.

— Je pensais que vous seriez au complet… J'étais venu vous inviter, pour le dernier soir… Ce serait sympathique si vous veniez manger un tagine à la maison. C'est ma mère qui le fait et elle le fait bien.

— Que c'est gentil ! s'exclama Margot.

— Alors, vous viendrez ?

— Oui.

— Tous ?

— Tous, je vous le promets.

Admer avait le sourire en s'en allant. Il se retourna pour faire un geste de la main.

— Et merci pour le café.

Il avait bien raison, Admer… Les tagines de Fabia – c'était le nom de sa mère – étaient succulents. À la fin du dîner, alors qu'on dégustait une salade d'oranges à la cannelle, Admer vint s'asseoir près de Margot, une photo à la main :

— Regardez. Qu'en dites-vous ? Vous vous plairiez là ?

La photo représentait une maison blanche à volets bleus, au milieu d'un petit jardin.

— Il manque les hortensias, dit Admer, mais ça peut s'arranger.

La photo passa de main en main.

— Une maison de rêve, dit Anne-Marie.

— Et où est-elle cette maison de rêve ? demanda Vincent.

— Tout près d'ici, à Saint-Cado. Elle appartient à un de mes cousins. En ce moment, il a un contrat à Dubaï. En attendant de rentrer, il la loue tous les étés à des vacanciers… Alors, vous pourriez revenir l'année prochaine…

Tous les regards étaient braqués sur Margot, visiblement émue.

— Ce serait une bonne façon d'exorciser les mauvais souvenirs ! dit Vincent.

Jean-Luc et Anne-Marie approuvèrent.

Margot hésita quelques instants et finit par sourire.

« C'est gagné », pensa Admer.

— Alors, dit-il, vous revenez tous, l'année prochaine ? C'est promis ?

— C'est juré ! dit Margot.

FIN

Quadri Signe - Editions Alain Bargain
125, Vieille Route de Rosporden - 29000 Quimper
E-mail : contact@editionsalainbargain.fr
Site Internet : www.editionsalainbargain.fr

Dépôt légal n°15 - 2e trimestre 2009
5e tirage - Dépôt légal n°11 - 2e trimestre 2015
ISBN 978-2-35550-046-6 — ISSN 1281-7813
N° d'impression : 506064
Imprimé en France